泣く女

ひなた屋おふく

泣く女

　半年ほどまえ、中秋《ちゅうしゅう》のお月さまを拝んでいた宵のことだ。ひょんなことで知りあった蔭間《かげま》の京次《きょうじ》から「ちょいと小粋な女将《おかみ》がいるからおいで」と誘われ、日本橋《にほんばし》は芳町《よしちょう》の露地裏の吹きだまりに足を踏みいれた。

　それから三日にあげずに、おふくの待つ『ひなた屋』へ通うようになったが、のらはいっこうに懐《なつ》いてくれない。

　招き猫代わりに飼われた三毛猫は、一見《いちげん》の客なんぞには少しも興味をしめさず、肴《さかな》の残りが欲しいときだけ「なあご」と、さも偉そうに鳴く。それでいて、目刺《めざ》しや鯨《くじら》汁の残り滓《かす》には洟《はな》も引っかけず、甘辛いたれで煮付けた鯛《たい》や平目《ひらめ》の骨をしゃぶらせろと、催促がましい眼差しを向けるのだ。

「猫も人も同じだよ。美味いもんばっか食ってちっとも動かないから、あれだけ肥えちまうのさ」

四角い顔の京次が鰓《えら》を震わせて笑うとおり、のらはほとんど動かない。長火鉢のそばに敷かれた座布団のうえで、日がな一日丸くなっている。

一年前に拾われてきたときは、あばら骨の浮いてみえる痩せ猫だったらしいが、ひなた屋に居座ってからは、あれよあれよという間に肥えてしまった。

「のらのやつめ」

井之蛙亭三九《いのかわずていさんく》は夕河岸の喧噪《けんそう》を背におきつつ、芳町の夕陽も射しこまぬ露地裏の吹きだまりへやってきた。

滑稽本《こっけいぼん》の執筆を生業《なりわい》としている。妙な名だねえと誰からも笑われる号は、若い時分に越後《えちご》から出稼ぎにやってきた椋鳥《むくどり》ゆえに井之蛙とつけ、滑稽本で一時代を築きあげた式亭三馬《しきていさんば》の三と十返舎一九《じっぺんしゃいっく》の九を合わせて、三九とあやかった。

物書きだけでは食えぬので、辻講釈やら筮竹《ぜいちく》占いやら節季の物売りやら、食うためなら何でもやる。ともかく、うだつのあがらぬ山だし者を、ひなた屋の女将は快く受けいれてくれた。

「飄々《ひょうひょう》とした風情もわるくないし、額の狭い猫顔も気に入ったとさ」

貧相な顔で笑いながら教えてくれたのは、川獺《かわうそ》先生の異名をとる馬医者の桂《かつら》甚斎《じんさい》だった。酒が過ぎると下品になるので、京次に言わせれば「馬が合わない馬医者」なのだそうだ。傍《はた》から眺めれば馬が合っているふたりにおもえたが、とにもかくにも、夜ごと見世に集ってくる常連は浮かばれない連中ばかりだった。愚か者に痴《し》れ者、弾かれ者にろくでなし、淋しがり屋に甘えたがり屋、気難しいのに泣き上戸《じょうご》、そうした連中を広い心で受けとめる女将のおふくは、わけへだてなくすべての客に福をもたらす観音菩薩《ぼさつ》なのだ。

——ごろごろ、ごろごろ。

緋《ひ》色の空に黒雲が流れ、虫起こしの雷が遠くのほうから近づいてきた。

小便臭い横町には蔭間茶屋が軒を並べ、紅色の暖簾《のれん》を妖しげに揺らしている。

薄暗い露地の行きどまりに目をやれば、鬼火のような赤提灯《ちょうちん》がぽつんとぶらさがっていた。

「暗がりに光を灯《とも》し、冷えた心を温めてくれる。そいつが、ひなた屋なんだよ」

薹《とう》の立った骨太の蔭間はそう言ったが、よほどの物好きでもなければ、このような暗がりには足を踏みいれまい。あやまって迷いこんだ酔いどれを除けば、一見の客はまずやってこないと考えてよかろう。

ただし、いちどでもひなた屋の敷居をまたいだ者は、例外なく常連になる。

美味い肴で一杯飲《や》りながら、女将のふっくらした色白の顔を拝まないことには一日が終わらない。そんな気分にさせられる。

おふくは一見の客でも気安く受けいれた。野暮《やぼ》な詮索はしない。明樽《あきだる》に座って一杯飲り、二杯飲りしているうちに、客は自然と口にしまりがなくなってくる。気づいてみれば、身の上話をやりはじめているといった寸法だ。

誰もがみな、身に降りかかった不幸を喋《しゃべ》りたがる。過ぎし日のことをしみじみとおもいだし、ほっと溜息を吐《つ》きながら、それほどわるくない人生だったとつぶやきたがる。いがみあった者同士は仲直りし、別れた者たちは邂逅《かいこう》を果たす。みな、切なくて哀しい逸話を求めて、ひなた屋の暖簾を振りわける。

――ごろごろ。

遠くでまた稲妻が光った。

ひなた屋は黒板塀に囲まれており、構えは質屋か置屋のようだった。ほんとうは身寄りのない娘たちを商家の下女奉公に周旋《しゅうせん》する口入《くちいれ》屋だが、女将が亡くなった祖母のやっていた一膳飯屋を再開したところ、ちょいと評判になり、おいそれとはやめられなくなった。

女の細腕一本で、よくぞやっていけるものだと感心するが、本人は世話好きなうえに、くよくよ悩まない性分なので、忙しいことをさほど苦にも感じていない。

いちど、屋号の由来を尋ねたことがあった。

「日陰にあっても、ひなた屋。日陰者が集うところだけど、ひなた屋。屋号だけでも暖かいのにしたくってねえ、うふふ」

おふくは小首をかしげ、恥じらうように笑った。

白い頬にぽっと紅の差した様子が、何とも言えずに美しかったのをおぼえている。

三九は軒先に近づき、ふと、足を止めた。

溶けかけた根雪の狭間《はざま》から、蕗《ふき》の薹《とう》が芽吹いている。

暖簾を振りわけると、味噌汁の香りが匂いたった。

「おいでなさい」

いつものように、張りのある声と満面の笑みに出迎えられる。

おふくは笑うと、両頬にえくぼができた。

潰《つぶ》し島田《しまだ》の燈籠鬢《とうろうびん》には、斑《ふ》入り鼈甲《べっこう》の櫛《くし》を挿《さ》している。装う着物は蘇芳《すおう》地に四角い「福」の字と寒牡丹《ぼたん》をあしらった角字紋《かくじもん》散らし、これに黄金地に格子《こうし》と黒の昼夜帯《ちゅうやおび》を締め、浅葱《あさぎ》地のぼかしに早蕨《さわらび》を染めた前垂れを付けていた。柿色の細帯を襷《たすき》掛けにしてきりっと結んだすがたが、何とも艶《つや》っぽい。

三九はえくぼのできる笑顔に蕩《とろ》かされ、夢見心地で端の明樽《あきだる》に座った。

「すっかり、そこがおまえさんのお席になったようだねえ」

何やら特別の席にでも導かれたようで、有頂天《うちょうてん》になる。

だが、心の動きを気取《けど》られぬように生返事をしてみせ、奥の長火鉢のほうへ顔をめぐらした。

のらがいた。

あいかわらず、置物のように眠っている。

ほかに客はいない。

三九はたいてい一番に来て、夜更けまで粘りつづける。

常連が来れば会釈くらいはするが、こちらからはなしかけることはまずない。

何か聞かれれば適当に応じ、放っておかれても苦にはならぬ。むしろ、放っておかれるほうが性に合っていた。居るのか居ないのかも判然とせず、気づいてみればそこに座っている。のらのように、置物も同然に馴染《なじ》んでしまう特技が、どうやら、自分にもあるらしい。

おふくもそのあたりを察してくれ、注文もしないのに酒肴《しゅこう》をさりげなく出してくれる。今宵のつきだしは小松菜の辛子和《からしあ》え、平皿には夕河岸で仕入れた小鰭《こはだ》と大根の煮物が載りそうだ。

ふたつへっついの片方で、羽釜《はがま》が湯気を立てている。

すぐ隣が板場で、鍋釜や水桶のたぐいも置いてあり、食材の貯えられた穴蔵なぞもあった。板場を鉤《かぎ》の手に囲むかたちで、檜《ひのき》の一枚板を二枚継ぎあわせた床几《しょうぎ》がしつらえられ、明樽に座った客はおふくと対面できるようになっている。飯屋にしてはめずらしい造作《ぞうさく》だが、女将と客の近さがひなた屋の売りでもあった。

間口は狭いものの、奥行きは鰻《うなぎ》の寝床のように深い。

奥には部屋がいくつもあり、行き場のない娘たちが暮らしているという。

身を寄せる者のなかには、所帯を持ったことのある女もおり、亭主や情夫の暴力に耐えきれず、着の身着のままで逃げてきた女たちにとって、ひなた屋は縁切寺のようなところだった。

おふくは拠所《よんどころ》ない事情を抱えた娘たちの姉であり、母親なのだ。

「愛嬌と度胸だけが取り柄でね」

客に褒められると、おふくはいつもそうこたえ、ぽんと胸を叩く。

おせんという十五の娘があると聞いたが、三九はまだ娘を目にしたことがない。

亭主についても、耳にできたのは「死に別れたらしい」という噂だけで、たしかなところはわかっていない。誰も聞こうとしないし、おふくが自分からはなすこともなかった。

辛子和えを肴に熱燗《あつかん》を嘗《な》めていると、蔭間の京次がやってきた。

「よ、まいど」

鰓《えら》の張った四角い顔に、白粉《おしろい》を壁のように塗りたくっている。笑いかけられるとぞっとするし、今宵の蔭間は機嫌がわるい。

「どうしたんだい」

おふくが水を向けると、待ってましたとばかりに愚痴をこぼす。

「長っ尻《ちり》の客がいるのさ。そいつがたいそうお偉い坊主なんだけど、如意棒《にょいぼう》さまが提灯で餅をつくってな塩梅《あんばい》でね、そいつをどうにかしてほしいというのさ。ふん、どうにかしろったって、容易《たやす》くどうにかなるもんじゃない。それでも、いろいろためしてやったら、そいつ、何て言ったとおもう」

「さあ、何て」

「極楽往生するまでは、鐚《びた》一文たりとも払わない。生臭坊主め、そう言いやがったんだよ」

「あらあら、それで」

「今もまだ、茶屋に居座っていやがるのさ。肥えた坊主が六尺一丁で、ここから一歩も動かぬから覚悟しろとか何とかほざいてね」

隙《すき》を盗んで逃れてきたが、すぐにまた戻るつもりだという。

「姐《あね》さん、何でもいいから、精のつくものを食わせておくれ。それと、上等な諸《もろ》白《はく》もね」

「あいよ」

おふくは微笑んで後ろを向き、俎板《まないた》のうえでとんとんやりだす。

ふわっと匂いたつ香りは、余寒《よかん》の狭間に春を感じさせるものだ。

「蕗の薹だね」

三九がおもわず口走ると、京次は驚いたような顔を向けた。

「あら、あんた、居たのかい。のらといっしょで、気配の薄いおひとだよ」

困ったように微笑んだところへ、とんと味噌汁が出てきた。

「物書きさん、お口なおしにどうぞ」

おふくは刻んだ蕗の薹を、ぱらりと汁に落としてくれる。

京次のほうへは熱燗が銚釐《ちろり》で出され、やはり、つきだしには小松菜の辛子和えが添えられた。

「ちょいとお待ち。腹の足しになるものを、すぐにつくってあげるから」

歌うようなおふくの声を聞きながら、三九は汁椀に口を付けた。

「ん、美味い」

「そうでしょうとも」

味噌は辛口の仙台味噌ではなく、芳醇《ほうじゅん》な甘みのある江戸前の赤味噌だ。米麹をたっぷり使い、塩気を減らして発酵させる。傷みやすいので、そのぶん値は張るが、蕗の薹の苦みを引きたてたいなら、やはり、赤味噌のほうがよい。

「へへ、春は苦みを皿に盛るっていうかんな」

京次はさも嬉しそうに笑い、おふくの背中を両手で拝んでみせる。

へっついのうえで小鍋を熱し、おふくは粗めに刻んだ蕗の薹を炒めはじめた。和三盆《わさんぼん》をほどよい加減で振り、酒と味醂《みりん》をくわえてよく混ぜる。仕上げに赤味噌を落とし、杓文字《しゃもじ》でじっくり練りあわせていく。

「はい、できあがり」

京次の面前に、湯気の立った飯椀がとんと置かれた。

「ふへへ、江戸っ子は銀舎利《ぎんしゃり》だぜ」

おかずは、できたての蕗《ふき》味噌だ。

「ふわあ」

京次はまず香りを楽しみ、蕗味噌を白米に擦《なす》りつけるや、一気呵成《かせい》にかっこんだ。

「ふむ、ふむ」

鰓をぴくぴくさせながら、美味そうに食べる。

三九は目を張りつけ、生唾を呑みこんだ。

「これなら何杯でもいける。姐さん、絶品だよ」

「だろうね」

褒められて嬉しくなったのか、おふくは手だけで踊りだす。

「あ、ちょちょいのちょい。てんてっとん、てとすととん。ちょんきなちょんきな、ちょんちょんきなきな……」

妙な節まわしで口三味線を奏でつつ、ほっそりした白い手を交互に突きだし、ゆるゆると泳がせ、小首をかしげては、指先で誘うような仕種《しぐさ》をする。

「絶妙だな」

客の誰もが認めるとおり、ひなた屋の女将は手踊りが上手い。

のらもおもしろがって、身を乗りだしている。

京次はぺろりと一杯たいらげ、箸を置いた。

おふくは手踊りをやめ、思案顔をつくってみせる。

「おふたりさん、聞いとくれ。じつは先だって、見知らぬ女がやってきたんだよ。歳《とし》のころは、わたしよりちょいとうえ。三十路《みそじ》のなかばを過ぎたあたりなのだけど、ひどく窶《やつ》れてみえてねえ。この世の不幸を一身に背負いこんだような顔をしていたのさ」

明樽に座っても注文ひとつせず、ひとことも喋らずに俯《うつむ》いていた。

「しばらく放っておいたら、蕗味噌はあるかって聞くんだよ。ごはんといっしょに出してあげたら、震える手で箸を握ってね、箸の先で蕗味噌を擦《こす》りつけ、熱々のごはんをひと口頬張っては愛《いと》おしそうに味わうんだ。そうしてね、一杯たいらげる寸前で、ぽろぽろ泣きはじめたのさ。どうして泣くのって、わたし、おもわず聞いちまったんだよ」

女から返事はなかった。

「泣きながら首を振るばかりでね、さいごの一粒まできれいに食べおえると、ありがとうございましたって拝むんだよ。ごちそうさまってならわかるけど、仏さんみたいに拝まれちまったら、事情を聞かずにはいられないじゃないか。でも、聞きそびれちまってねえ」

女は空になった木椀の脇にお代を置き、涙も拭かずに去っていった。

「それきりさ。どうしちまったんだろうって、気になって仕方ないんだよ」

「姐さん、案ずることはないさ。女はきっとまた訪ねてくる。この味が忘れられずにね」

三九も蕗味噌の香りを楽しみながら、京次の言うとおりだとおもった。


寒空のもとで春の気配をうっすら感じはじめたころ、亀戸《かめいど》の梅屋敷では梅が見頃を迎えた。

如月《きさらぎ》といえば初午《はつうま》、この日は狐が主役となる。

町々の木戸口には一対の染幟《そめのぼり》が立ち、武者絵の大行灯《おおあんどん》が吊される。賑《にぎ》やかな「かんから太鼓」の音色に合わせて、洟垂れどもは「稲荷《いなり》さんの御勧化《おかんげ》御十二銅おあげ」などと唱えながら、狐の絵馬や幟を掲げ、家々から銭を集めたり、菓子を貰って歩く。まさに、盆と正月がいっしょにきたようなものだった。

おふくも娘たちを連れ、北浅草《きたあさくさ》の真崎《まさき》稲荷まで足を延ばし、名物の豆腐田楽に舌鼓を打つなどしながら遊山《ゆさん》気分を楽しんだ。ひなた屋に戻ってからは、芋や蒟《こん》蒻《にやく》の煮しめをつくり、赤飯を炊いて祝ったという。

蕗味噌ごはんを食べて泣いた女があらわれたのは、初午《はつうま》の喧噪も醒めやらぬ夕暮れのことだった。

明樽には三九しか座っておらず、のらは長火鉢のそばで微睡《まどろ》んでいた。

「あら、おいでなさい」

おふくの笑顔に誘われて女は明樽に座り、俯き加減で囁《ささや》いた。

「あれ、ください」

「あれね、いいよ」

おふくがあっさり応じたので、おどおどした女の顔は少しばかりやわらいだ。

貝髷《ばいまげ》に鼈甲の横櫛を二本挿《さ》し、千筋《せんすじ》の江戸褄《づま》に海老茶の長羽織を肩外しに羽織っている。なるほど、面窶《おもやつ》れしてはいるものの、切れ長の潤んだ眸子《まなこ》や受け気味の唇《くち》もとになかなかの魅力を湛《たた》えた年増だった。

おふくはさりげなく、熱燗のはいった銚釐を床几に置いた。

「あ、それじゃないんです」

女は慌てたように拒んだが、女将にやんわりと制される。

「心配しなさんな。承知しているから」

「でも、わたし、あんまり呑めないんです」

「それなら、一杯だけ」

おふくは右袖をたくしあげて銚釐を摘み、紅猪口《べにちょく》のような可愛らしい猪口に注いでやる。

ひと口嘗めた女の頰が、ぽっと紅《あか》く染まった。

「あんた、お名は」

「はつと申します」

名乗ったことがきっかけとなり、おはつは身の上を語りはじめた。

「女将さん、荒船《あらふね》の与平《よへい》というおひとはご存じですか」

「ご存じも何も、わたしが以前、お世話になった置屋に出入りしていた女衒《ぜげん》のおっちゃんだよ」

「やっぱり。わたし、与平さんに買われたんです」

「え」

「十四のころ。二十二年もまえのはなしですけど」

おはつは越後の雪深い寒村に生まれ、食うや食わずの幼少期を過ごした。

父親は気の小さい小作人で、病気がちの母親は働き手としては心もとない。長女のおはつは物心ついたときから、幼い弟や妹たちの面倒をみ、十になると飯炊きや洗濯などの家事いっさいを任され、農繁期には田圃の手伝いにも駆りだされた。

稗《ひえ》や粟《あわ》しか口にできず、朝から晩まで働きづめの毎日だった。長い冬のあいだ、かじかんだ手足が皹《ひび》割れて痛んでも、苦労があたりまえだとおもっていたので、双親を恨むこともなかったし、荒《あば》ら屋のような家でも家族みんながひとつ屋根のしたで暮らしていけることに感謝していた。

暮らしはいっこうによくならず、十四になって身を売らねばならなくなった。

「雪解けで水嵩《みずかさ》の増した小川のそばに雪割草《ゆきわりそう》が顔を覗《のぞ》かせていて、めずらしく雲ひとつない晴れた日のことでした」

見知らぬ男がひとり、家を訪ねてきた。

それが、荒船の与平だった。

与平が上がり框《かまち》にどっかと腰を下ろし、おはつが目にしたこともない山吹色の小判を一枚一枚並べてみせたとき、ようやく、おはつは自分が売られるのだと気づいた。そして、嗚咽《おえつ》を漏らす母親を眺めながら、今日を境にもう二度と生家に戻ることはできず、弟や妹たちとも別れなければならぬ運命《さだめ》であることを悟った。

「悲しかったけれども、涙は零《こぼ》れてきませんでした。心の片隅で、そんな日が来ることを予感していたのかもしれません。わたしは、さようならも言わず、振りかえりもせず、与平さんに手を引かれて畦道《あぜみち》をたどりました。与平さんの温かくて大きな掌で握られたとき、このひとを待っていたのかもしれないって、そんなふうにおもったんです」

そうでもおもわなければ、身に降りかかった不幸を乗りこえられなかったのではあるまいか。

「ええ、女将さんの仰るとおりかもしれない。けれども、そのときのわたしには、わたしを買ってくれた与平さんが、ほとけさまにもおもえたのです」

一日目の晩は温泉場で知られる湯沢《ゆざわ》に宿を取り、ふたりは同じ部屋に枕を並べて眠ることとなった。夕餉《ゆうげ》に白米を食べたとき、おはつは嬉しくて涙が止まらなかったという。

「生まれてはじめて、白いおまんまを食べました。その美味しいことといったら、天にも昇るような心持ちで」

与平は「これを擦りつけて食え」と言い、箸の先で蕗味噌を掬《すく》って白米に擦りつけてくれた。

「いいか。おとっつぁんとおっかさんを恨むんじゃねえぞって、与平さんは優しく言ってくれました。誰が好きこのんで、我が子を女衒に売るものか。おまえはその身で幼い弟や妹たちの命を救った。偉いもんだ。さあ、食え。腹がはちきれるほど食うがいい、とそう言ってくれたのです。蕗味噌の苦みを味わいながら、わたしは泣けて泣けて、どうしようもなかった」

おふくは眸子《まなこ》を潤ませ、じっと耳をかたむけている。

三九の心も濡れていた。自分も越後の寒村に生まれ、出稼ぎの椋鳥となった身だけに、他人事《ひとごと》とはおもえない。

「買われて二日目の朝もよく晴れ、難所の三国峠《みくに》を越えて、上州《じょうしゅう》は永井《ながい》の宿場をめざしました」

峠越えの途中、路傍に佇《たたず》む野仏に出逢うたびに、与平は足を止めて祈りを捧げていたという。

「何人もの娘を連れて三国峠を越えたが、ひとりのこらずおぼえていると、与平さんは仰いました。娘たちの大半は行く先もわからず、あの世へ逝った者も大勢いる。与平さんは、野仏に娘たちのすがたを重ねあわせているのだと、目を赤くなされた。わたしも野仏に祈りました。亡くなったみなさま、どうか、安らかにお眠りください。そして、わたしをお助けください、と懸命に祈りました」

江戸へ出てきたおはつは、湯島《ゆしま》の岡場所に売られた。

売り買いが成立してしまえば、女衒の役目は終わる。

「もう二度と逢うこともあるまいと告げられた途端、涙が止まらなくなりました」

仕方ないものとあきらめ、抱え主に命じられるがまま、おはつは春を売った。

「そして、一年が経ったころ、わたしはとんでもない罪を犯してしまったのです。もう、生きてなんぞいられない。いっそ、首を縊《くく》ろう。そう決めた晩、虫の知らせがあったと言い、与平さんが訪ねてきてくれました」

おはつはそこまでひと息に喋り、ふいに口を噤《つぐ》んだ。

どれだけ待っても、はなしのさきを喋ろうとしない。

二十年余りもまえに犯した罪のことを、心の底から悔やんでいる様子だった。

「無理に喋らなくてもいいよ」

おふくは包みこむように言い、白いごはんをよそって出した。

「ありがとう」

おはつは箸を握り、蕗味噌とともに、ごはんを口にはこぶ。

そして、さいごの一粒まで食べおえると、おふくに泣き笑いの顔を向けた。

「ほんとうに美味しい」

おはつはぺこりと頭をさげ、お代を置いて腰をあげる。

「また、おいでな」

おふくの呼びかけに頷《うなず》き、曖昧《あいまい》な笑みを残して去った。

三九は大根の糠味噌《ぬかみそ》漬けを齧《かじ》り、盃をすっとかたむける。

「可哀想に。逢いたかったんだろうけど、与平のおっちゃんは二年前に死んじまったんだよ。長いあいだ、胸を患っていたからねえ」

あんまり可哀想で言いだせなかったのだと、おふくは溜息を漏らす。

三九は今すぐに追いかけ、はなしのつづきを聞いてみたい衝動に駆られた。


ひなた屋の裏庭に植わった椿《つばき》は、深紅《しんく》の花をつけたという。

雀たちは巣づくりをはじめたが、春の陽気はさだまらず、朝から大粒の牡丹雪が降っている。

「午《ひる》には消える涅槃《ねはん》雪、降りじまいの雪じゃわい」

ひなた屋の一隅で白い吐息を漏らすのは、深川《ふかがわ》に住む畳問屋の隠居だった。名は義《ぎ》右《え》衛門《もん》、『備後《びんご》屋』という大名家御用達の畳問屋を一代で築いた人物と聞いた。

「さ、ご隠居、おひとつどうぞ」

おふくは、親しげに銚釐をかたむける。

このところはめったに顔を出さないが、ひなた屋では古顔らしい。

「あたりまえじゃ。おふくがおしめをしているころから知っておる」

木綿豆腐を突っつきながら、真っ白い頭を振り、義右衛門は怒ったように語りはじめる。

三九はおもいがけず、おふくの身の上を聞かされることになった。

「そのむかし、この見世は『すみ屋』と称しての、おときという気《き》っ風《ぷ》の良い婆さんが一膳飯屋を切り盛りしておった。芳町の隅っこにあるゆえ、婆さんがすみ屋と名付けたのじゃ。すみ屋のおときといえば、俠《おとこ》気《ぎ》で売った女将よ。おふくも義理人情に厚い婆さんの血をひいておる」

二十数年前のはなしというから、おふくがまだ十一か二のときだ。

義右衛門も一線で活躍していたころで、深川は一色町《いっしきちょう》にある置屋の女将から「芳町の片隅に上等な酒と美味いものを出す見世がある」と聞いて訪れてみたのがはじまりだった。

「小粋な女将に美味い酒肴、噂どおりの見世じゃった」

義右衛門はすっかり気に入り、おとき婆が身寄りのない娘を預かって女中奉公を紹介する口入業をやるようになってからも、まめに顔をみせていたという。

「孫娘をおふくと名付けたのも、おとき婆さんじゃ。おふくの父親は入り婿でな、寡黙で腕のたしかな屋根葺《ふ》き職人じゃったが、おふくが生まれてほどもなく雷に当たって屋根から落ち、還らぬ人になりよった。母親のほうは、わしが言うのも何じゃが、身持ちのよからぬおなごでな、役者くずれの情夫と駆け落ちしよったのさ。いちど帰ってきたことがあったらしいが、おとき婆さんは頑《がん》として家に入れなんだ。おふくはおぼえちゃおるまい。おっかさんがおらぬようになったのは、三つのときじゃからのう」

おふく自身は十五から二十七まで、家計を助けるために廓《くるわ》へ身を売っていた。

苦労を重ねながら、甲斐性なしの情夫とのあいだにできた子を懸命に育てあげたのだという。

「孫娘のことを案じつづけたおとき婆も、今から五年前に逝った。八十を超えておったじゃろう。大往生さ」

義右衛門は剣菱《けんびし》の諸白《もろはく》を嘗め、大根の糠《ぬか》味噌漬けをかりっと齧《かじ》る。

「ふふ、これじゃこれ。おとき婆がおらぬようになっても、糠味噌の味だけは変わらぬ」

おとき婆が丹精込めてつくった糠床を、孫娘はしっかり守っていた。

「婆さんも、あの世で喜んでおるだろうさ。しかも、こいつは亀戸《かめいど》の春大根じゃろうが」

「そうですよ」

早春に採れる亀戸大根は、沢庵《たくあん》にする練馬《ねりま》大根にくらべて小振りだが、身はぎっしり詰まっている。葉に棘《とげ》がないので、根も葉もともに糠味噌漬けにできた。

「何やら、香ばしい匂いがするのう」

おとき婆さんが遺したものは、糠床だけではない。

「蕗味噌ですよ。ばあちゃんに仕込まれた味付けです」

おふくは微笑み、熱々のごはんと蕗味噌をとんと出す。

義右衛門は相好《そうごう》をくずし、じゅるっと唾を啜《すす》った。

どうやら、これを食うために、わざわざ足をはこんだらしい。

「春は苦みを皿に盛る。はじめ地を出るとき小蓮のごとしと言うてな、春先は蕗を食わねばはじまらぬ」

義右衛門は熱いのをひと口頬張り、にんまりと微笑む。

「至福至福、婆さんの味じゃ」

「ありがとう」

おふくは礼を言い、肝心なことを糾《ただ》した。

「ご隠居。この蕗味噌ごはんも、芳町のすみ屋に来れば食べられるって、むかし、誰かに教わったのでしょう」

「ああ、『羽衣《はごろも》』のおきょうから聞いた」

おきょうとは、深川では子ども屋と呼ばれる置屋の女将のことだ。

「おきょうは、女衒に聞いたらしい」

「女衒の名は」

「荒船の与平」

という名を耳にし、おふくはぴくっと片眉を吊りあげた。

そこへ、手代風の若い男が義右衛門を迎えにやってきた。

「女将さん、こんばんは」

「あら、清吉《せいきち》さん、もう来ちまったの」

「いつもお世話になっております。さ、大旦那さま、そろりとお暇《いとま》いたしましょう」

清吉という優男《やさおとこ》は、備後屋の手代だった。

歳は二十二、義右衛門に拾われた捨て子なのだと、三九はあとで聞いた。

おふくは小首をかしげ、口を尖《とが》らせる。

「おまえさん、誰かに似ているんだよ。でもね、それが誰かはおもいだせない」

隠居を迎えに来る若い手代の顔が、今日だけはいつもとちがってみえるようだ。

「女将さん、よくあることですよ」

清吉に軽くいなされても納得できず、ふたりが居なくなったあとも、おふくはしばらくのあいだ思案していた。

「ああ、焦《じ》れったい。やっぱり、おもいだせないよ」

仕舞いには匙《さじ》を投げ、かりっと大根を齧る。

その仕種が何とも言えず、可愛らしかった。

暑さ寒さも彼岸までの俚諺《りげん》どおり、如月《きさらぎ》もなかばを過ぎると余寒も消え、道端に芹《せり》が萌えはじめる。不忍池《しのばずのいけ》の睡蓮《すいれん》は芽を伸ばし、川底にじっと潜んでいた鮒《ふな》も嬉々として水面下を泳ぎだす。

ひなた屋では牡丹餅はもちろん、五目鮨や精進揚《しょうじんあげ》をつくった。

今日は浅草寺《せんそうじ》と増上寺《ぞうじょうじ》の山門が町人に開放された彼岸の中日。暮れ六つを報《しら》せる鐘の音とともに、おはつがひょっこりあらわれた。

先日と同様、貝髷に鼈甲の横櫛を二本挿し、縞《しま》の着物に長羽織を引っかけている。

小脇には三味線まで抱え、粋な辰巳《たつみ》芸者といった風情だが、近くの長屋で一手指南してきた帰りだという。

おはつが三味線指南で口を糊《のり》していると知り、三九は何やらほっとした。

「十四で売られ、二十七になるまでの十三年間、江戸の岡場所を転々としながらも、どうにかこうにか、年季明けまでつとめあげることができました。悪所のくびきを逃れてからは、神田多町《かんだたちょう》の裏長屋に居をさだめ、この歳になるまでの九年間、三味線指南でどうにか食いつないではいるものの、大病でも患ったらさいご、堕ちるところまで堕ちるしかござんせん」

おはつは座るなり、沈痛な面持ちで語りだしたが、おふくはいつものように明るく受けながす。

「世の中は相身《あいみ》たがいと言うじゃないか。困ったことがあったら、いつでもここへおいでな」

「ありがとう存じます。そんなふうに、お優しいおことばを掛けてくださるのは、女将さんしかおりません。それにしても」

深々と溜息を吐き、おはつは宙に目を泳がす。

「春になるとかならず、与平さんにいただいた蕗味噌の味をおもいだします。双親や幼い弟妹たちの面影が蕗味噌の苦い味と重なって……どうにも、じっとしていられなくなるのです。ほんとうに、いちどたりとも、あの味を忘れたことはなかった。あの味を探しあるき、ようやく、ここにたどりついたのです。女将さん、哀れな女の繰り言を、どうか、お聞きくださいまし」

おはつは注がれた諸白を嘗め、意を決したように喋りはじめた。

「わたしは十五で客の子を身籠《みご》もり、堕ろし方もわからずに産みおとしました。

それから、しばらくは隠れて乳をやっておりましたが、抱え主にみつかって捨ててこいと命じられたのです。わたしは逆らえず、とんでもない罪を犯しちまった」

人も町も寝静まった丑《うし》三つ刻、おはつはそっと起きだすと、むつきにくるんだ乳飲み子を抱えて寒空のもとへ出た。中山道《なかせんどう》に沿って小石川《こいしかわ》をめざし、加賀《かが》藩邸の手前で左の横道に折れていったという。

「なだらかな菊坂《きくざか》をくだる途中で右に折れれば、本妙寺《ほんみようじ》にいたる山門のそばに大きな梨の木がある。すべての罪をなしにしてくれるというので、子捨てが多いところなのだと聞いておりました」

梨の木へ向かったはずが、考え事をしながら歩いているうちに通りすぎ、菊坂の端から北へ延びた勾配のきつい胸突《むなつき》坂を登った。そして、大善寺《だいぜんじ》という寺の門前にたどりついてみると、そこに小さな石地蔵が佇んでいた。

「三国峠でみた野仏をおもいだしました」

因縁を感じて乳飲み子を石地蔵の足許《あしもと》に置いて去り、どうしても踏んぎりがつかぬまま、二度三度と戻っては抱きあげて頬ずりをした。それでも、誰か良い人が拾ってくれるものと信じ、未練を振りきって胸突坂を降りてはきたものの、やはり、どうしてもあきらめきれない。いっそ、ふたりで死のうと心に決め、胸突き八丁の坂道を登って石地蔵のもとへ戻ってみたところが、むつきにくるまった乳飲み子は煙と消えていた。

「氷雨が雪に変わっておりました」

地獄に堕とされたおもいで泣きあかし、朝になってからふらふらと、放心したように湯島《ゆしま》へ戻ってからは、ひたすら、死ぬことだけを考えつづけた。

「そうしたある日、与平さんが訪ねてきてくれたのです。客を装って玉代《ぎょく》を払い、何もせずに朝まで添い寝をしてくれました。一年前と同じように、朝餉には白いおまんまに蕗味噌を擦りつけて食べました。生きろ、生きてさえいれば、いつかよいこともある。きっと幸運にめぐりあえるものと信じ、生きつづけろ、と与平さんはわたしを励ましてくれた。そのことばに勇気づけられ、何とか今日まで生きのびてまいりました」

おふくは、ふうっと溜息を吐いた。

「与平のおっちゃんはね、二年前に亡くなったんだよ」

「存じております。ひとづてに亡くなられたと聞き、このお見世を探してみようとおもいたったのです」

「見世のことを聞いていたのかい」

「はい。でも、与平さんに聞いた見世の名は、すみ屋というものでした。芳町のすみ屋には、おときさんという侠気のある女将さんがいて、春先に山だしの娘を連れて訪ねると、かならず、蕗味噌ごはんを食べさせてくれる。その味が忘れられないと、与平さんは嬉しそうに教えてくれました」

おとき婆は与平に蕗味噌ごはんの由来を語ったという。

「蕗は福来に通じる。福が来るようにと願いながら、ごはんに擦りつけるのだそうです。そうしたら、きっと望みがかなうと。おときさんのことばを、与平さんは楽しそうに教えてくださいました。おときさんに会ってみたい。年季が明けたら、いっしょに行ってみたいとお願いしたら、与平さんはしっかり頷いてくれたんです」

「すみ屋のおときは、わたしを育ててくれた婆ちゃんのことだよ」

「きっとそうなのだろうなって、女将さんの顔をみたら、すぐにわかりました」

「婆ちゃんはわたしに、ふくっていう名を付けてくれた。この見世に来てくれたお客さんすべてに福が来るようにってね。おまえさん、見世の名がちがっていたから、容易にみつけられなかったのだろう」

おはつはこっくりと頷き、悲しげに微笑む。

「さあ、お食べ」

おふくは、湯気の立った飯椀をとんと置いた。

おはつは箸の先で蕗味噌を掬《すく》い、白い飯に擦りつける。

口をはふはふさせながら、涙をぽろぽろこぼした。

おふくは、そっと語りかける。

「逢いたいんだね、その子に」

「はい」

生きているのなら逢いたい。どうしても邂逅したいと念じ、おはつは願掛けをつづけていた。

「年季が明けたあと、毎月晦《つごもり》の晩、菊坂台町《きくざかだいまち》の胸突坂を登って、あの子を捨てた石地蔵のもとへ供物《くもつ》を捧げにまいります」

「それだけのおもいが、通じないわけはないよ」

おふくが慰みで発したことばは、奇蹟を呼びおこす力を持っていた。

だが、おはつも、たまさか居合わせた三九も、おふく本人でさえ、ほんとうに奇蹟が起ころうとはおもってもいなかった。

三日経った。

ひなた屋では、蔭間の京次と馬医者の甚斎が神妙な面持ちで座っている。いつもは鍔迫《つばぜ》りあいの絶えないふたりだが、今日にかぎってはそれもない。おふくからおはつの身の上を聞かされ、湿っぽい気持ちになり、そのうえで誰かを待っているのだ。

やがて、目付きの鋭い皺顔の男があらわれた。

霜枯《しもが》れの紋蔵《もんぞう》、橋向こうの魚河岸辺から芝居町や芳町の界隈までを縄張りにする岡っ引きだ。ひなた屋との関わりは古く、おとき婆のこともよく知っている。

「おふくよ、わかったぜ。おめえの言ったとおりだ」

紋蔵のことばで、みなの顔がぱっと明るくなった。

「備後屋はただの畳問屋じゃねえ。福山《ふくやま》藩阿部《あべ》家十一万石の御用達《ごようたし》でな」

藩主の阿部伊勢守正弘《いせのかみまさひろ》は、奏者番《そうしゃばん》の要職に就いていて、末は老中になるだろうと目されるほどの名君だった。

「阿部様の御中屋敷というのが、本郷丸山《ほんごうまるやま》にある。菊坂の西端から胸突坂を登ったたさきよ。御用達の備後屋は、御中屋敷と通りひとつ隔てた向かいに建っているのさ」

そこは大善寺の門前、おはつが乳飲み子を捨てた石地蔵の隣でもあった。

「備後屋のご隠居に拾われた清吉が、捨てられた乳飲み子かどうかはわからねえ。でもな、赤子の年恰好から推せばそうかもしれねえってことだ。あとは本人同士顔を合わせ、ことばを交わしてみりゃわかるこったろうぜ」

「ことばなんざ、交わすまでもないよ。あのふたり、そっくりだもの」

おふくのことばに、ほかの連中も頷いた。

三九は、鼓動が速まるのを抑えきれない。

「驚いたよ。こんなこともあるんだねえ」

感慨深げに漏らすおふくにたいし、紋蔵は笑って応じる。

「蕗味噌のとりもった縁さ。母子を結びつけたなぁ、荒船のとっつぁんにちげえねえ。それにしてもよ、難しいのはこっからだ」

「親分、どうしてさ」

「清吉のやつ、太物《ふともの》屋の箱入り娘に岡惚《おかぼ》れしちまってな、岡惚れのうちならまだよかったものの、そいつが相惚れになっちまったもんだから、はなしがややこしくなりやがった」

「先様のご両親が反対したんだね」

たらしいぜ」

「父親なんざ備後屋に怒鳴りこんでよ、逆立ちしても娘はやれねえと啖呵《たんか》を切っ

それでも、ふたりの恋情は消えず、かえって燃えあがってしまった。

「あげくのはてが」

「駆け落ちかい」

「駆け落ち寸前までいって、ようやく仲を許された」

「へえ、許されたんだ」

「義右衛門の旦那が仲立ちにはいったのさ。自分が清吉の親代わりになるから、ふたりの仲を認めてほしいと、畳に手をついたらしいぜ。それでも渋る相手に、土産をひとつ差しだしたって噂だ」

「土産って」

「福山藩の御納戸《おなんど》役を紹介すると約束したのさ。太物屋にとってみりゃ、これほどおいしいはなしはねえ。老獪《ろうかい》なご隠居は商いのネタと引換えに、若いふたりの仲をみとめさせ、しゃんしゃん、手打ちとあいなった。でもな、何かありゃ、先様はすぐさま臍《へそ》をまげるにちげえねえ」

「清吉の母親が岡場所を転々としていた女郎と知れたら、まずいってことかい」

「それなら、ふたりはいつまで経っても名乗りをあげられないってことになるじゃないか」

「だから、難しいのはこっからと言ってんだよ」

義右衛門は還暦を超えてからだをこわし、備後屋の暖簾を娘婿に譲った。

数年前に勘当《かんどう》した放蕩《ほうとう》息子がおり、ほんとうは勘当を解いて実子に店を継がせたかったが、番頭や娘たちの反対にあい、あきらめざるを得なかった。

そうした経緯を本人から直に聞かずとも、おふくには深い悲しみを抱えた義右衛門の心情が手に取るようにわかるらしかった。

京次が横から口を挟む。

「あのご隠居、五年前につれあいの婆さんを亡くしてから、ずっと独り身だろう。深川は島田町《しまだちょう》のだだっ広い隠居屋敷で盆栽をいじくるうちに、因業《いんごう》な性分が出てきちまったらしいよ。ご隠居が心をひらいているのは、一日にいちどは様子伺いにやってくる清吉だけってことさ」

紋蔵は腕組みをしながら頷いた。

「血を分けた子どもたちよりも、拾った子のほうが可愛いってわけか」

「余計な波風を立てたくないとおもうのが親心。そうなると、母子を邂逅させる目はないね。ああ、何か妙案はないものか」

京次と甚斎は溜息を吐き、思案投げ首で考えこむ。

「おめえらの頭でおもいつくことなら、おれが疾《と》うにおもいついてるよ」

紋蔵は言いすてると、凝った肩を十手の先で叩きながら消えていった。

「どっちにしろ、ご隠居に打ちあけてみるしかないね」

おふくはひとりごち、ぎゅっと唇もとを結んだ。


彼岸も過ぎ、霞たなびく墨堤に桜の蕾《つぼみ》がふくらみはじめたころ。

備後屋の隠居が、難しい顔でひなた屋にあらわれた。

すでに、おふくの口から事情は伝わっている。

はたして、気難しい義右衛門はどう出るのか。

三九は白洲《しらす》に引きずりだされた罪人になったような気分で、床几の片隅からじっと様子を窺《うかが》った。

「あの日は涅槃会《ねはんえ》でなあ、氷雨が雪に変わりかけておった。眠れずにじっと耳を澄ませておると、風音に混じって赤子の泣き声が聞こえてくる。わしは褞袍《どてら》を羽織って寝所から抜けだし、勝手口から外へ出た」

寒空のもとを歩いていくと、石地蔵のかたわらで、むつきにくるまった赤子が泣いていた。内儀が初めて身籠もった子を水に流したばかりで、義右衛門はたまらなくなって、赤子を拾いあげた。

「凍るように冷たいむつきじゃった。それでも、赤子は必死に泣いておったわ。生きたい、生きのびたいとな。わしは捨てた母親を恨んだ。どんな事情があろうとも、腹を痛めた子を捨ててはならぬ。これほど罪深いことはないと、心底からおもうた。二十年以上もまえの出来事じゃが、昨日のことのようにおぼえておる。あのときの恨みも忘れてはおらぬ。今さら母親から逢いたいと言われても、逢わせたいとはおもわぬ。いったい、どの面《つら》さげて逢いたいなどと抜かすのか。清吉は母親なぞおらずとも、ああして立派に育った。そもそも、清吉という名からして、わしが付けたものじゃ。あれは、わしの子も同然なのだ。それを今さら」

義右衛門は怒りに震えながら、むっつり黙りこむ。

おふくがすっと近づき、盃に諸白を注いでやった。

「ご隠居、お気持ちはお察しします。でもね、十四で売られた娘が十五で子を産み、どうしようもなくなって子を捨てちまったんだ。ああするしかなかったんですよ。娘は罪の重さに耐えかね、石地蔵のもとへ戻ったのだそうです。ところが、捨てた子は消えちまっていた。ご隠居が拾ってあげなければ、母子は凍てついた川に飛びこんでいたことでしょう。あのとき、子を捨てていなければ、ふたりとも生きちゃいなかったんです」

「んなことは、わかっておる」

「それなら、毎月晦、石地蔵に供物を捧げる者のあることをご存じですか」

「ん」

「ご存じなのですね。あれは、子を捨てた母親のやっていることなのですよ。年季が明けてから九年ものあいだ、毎月欠かさずに供物を捧げ、懺悔《ざんげ》しているそうです。九年で十二月ってことは、百八回ですよ。百八といえば、煩悩《ぼんのう》の数じゃござんせんか。ね、そろそろ、許しておあげなさいな」

「ふん、余計なことを」

義右衛門は盃をみつめ、干涸《ひか》らびた魚のようにじっと動かない。

わずかでも許す気がなければ、こうして見世を訪れてはいまいと、三九はおもいなおした。

——ごおおん。

暮れ六つの鐘の音が響き、蔭間の京次と馬医者の甚斎がやってきた。

ふたりは義右衛門に会釈し、丸くなったのらに手を振って明樽に座る。

おふくが黙って酒肴を出したところへ、岡っ引きの紋蔵も顔をみせた。

「おや、ご隠居、おめずらしいこって」

慣れない愛想をこぼし、こちらも少し離れて明樽に腰掛ける。

そして、おはつがやってきた。

席を埋めた常連たちに戸惑いつつも、おふくに誘われて明樽に座る。

ちょうど、義右衛門と斜めに向かいあう席だ。

おはつが会釈をしても、義右衛門は口をぽかんとあけたままでいた。

清吉の顔とおはつの顔を重ね、母と子にまちがいないと察したのだ。

義右衛門は盃を摘み、冷めかけた酒を一気に呷《あお》った。

すかさず、おふくが酌をする。

縛ってでも帰さないよと、無言の圧力をくわえているかのようだ。

「おはつさん、こちらは備後屋のご隠居ですよ。深川から、わざわざおみえになったんです。それから、あっちが蔭間の京次、『五右衛門《ごえもん》』というお茶屋の古株でね。隣にお座りになった甚斎先生は、川獺《かわうそ》って呼ばれているの。そのまた隣は紋蔵親分、芳町の界隈ではちょいと知られたお方でね。それから、あ、そうそう、忘れちゃいけないのが、隅っこに座っているおひと、井之蛙亭三九っていう妙ちきりんな名の物書きなんだけど。おや、三九さんにはもう会ってるって。あら、そうだっけ」

おはつはまだ、事情を知らされていない。

おふくに声を掛けられ、軽い気持ちでやってきた。

事情を知っていたら、二の足を踏んだにちがいない。

まさか、捨てた息子と二十一年ぶりに邂逅できるなどと、そのような奇蹟が起ころうとは夢にもおもっていなかろう。

客たちはただ黙って、酒をちびちび飲《や》っている。

ひなた屋が、これほど静まりかえっているのもめずらしい。

京次の口から冗談のひとつも飛びださぬものかと期待したが、それすらもなく、ときだけが刻々と過ぎていった。

「そろりと、帰らねばなるまい」

義右衛門は、やおら尻を持ちあげた。

と、そこへ、勢いよく飛びこんできた若者がある。

「大旦那さま、遅くなって申し訳ありません」

清吉だった。

必死に駆けてきたのだろう。

髷は乱れ、額には汗を滲《にじ》ませている。

「みなさま、いつもお世話になっております」

清吉は奉公人らしく丁寧に頭をさげ、義右衛門の腕を取ろうとした。

「お待ちよ」

おふくが声を掛ける。

「たまには座っておいきな」

「え、でも、そうもしていられません」

清吉は義右衛門にたいし、戸惑った顔を向けた。

みなは注目する。

水を打ったような静けさだ。

頑固な隠居が、表情も変えずに頷いた。

「それなら、少しだけ」

清吉は慣れない様子で明樽に座り、恥ずかしそうに俯く。

「おめえ、捨て子なんだってなあ」

のっけから、びっくりするような問いを投げかけたのは、目尻に皺を刻んだ紋蔵であった。

みなが固唾《かたず》を呑んでいると、清吉はためらうこともなく、朗らかに応じてみせた。

「はい。仰るとおり、手前は大善寺の石地蔵の足許に捨てられておりました。大旦那さまに拾っていただいた命にございます」

「さぞかし、捨てた母親を恨んだろうなあ」

「いいえ、ちっとも」

「ほう、どうして」

「物心ついた時分から、大旦那さまに厳しく言いつけられてまいりました。どこの世に平気で子を捨てる母親があるものか。だから、けっして恨んではならぬと」

「そ、そうだったのかい」

「はい。それから、もうひとつ理由がございます」

「何だい」

「毎月晦になると、石地蔵に供物を捧げていかれるお方がござります。

「どのようなお方かは存じあげませぬが、ひょっとしたら、赤子を捨てたことのあるお方が贖罪《しょくざい》でなさっていることかもしれぬ。そうおもうと、子を捨てる者の辛さもわかるような気がして」

「感心したぜ。おめえはできたやつだ。ご隠居が可愛がっているのもわかる」

紋蔵は眸子を潤ませ、酒をくいっと呷《あお》った。

隣から、啜り泣きが聞こえてくる。

蔭間も馬医者もおはつも泣き、三九も嗚咽《おえつ》を怺《こら》える。

義右衛門までが涙ぐんでしまったので、清吉は驚いていた。

女将のおふくだけは泣きもせず、得意の手踊りを踊りだす。

「てんてっとん、てとすととん。ちょんきなちょんきな、ちょんちょんきなきな」

おはつは袂《たもと》で涙を拭き、くいっと顎を突きだした。

「女将さん、あれをくださいな」

我に返ったおふくが、にっこり微笑んだ。

「先刻承知済みだよ」

ひとりひとりの面前へ、湯気の立った飯椀が置かれた。

そして、懐かしい早春の香りが、見世いっぱいにひろがっていく。

――なあご。

のらも、何やら嬉しそうだ。

あと十日もすれば、江戸の桜は満開になる。

母と子が肩を並べ、墨堤をそぞろ歩く日も、そのうちにやってくるだろう。

三九はそう信じつつ、熱々の蕗味噌ごはんを口に抛《ほう》りこんだ。

向こう傷

道端に落ちた卯《う》の花が腐りかけている。

鬱陶《うっとう》しい雨はいっこうに熄《や》む気配もない。

「豆腐ぃ〜」

四つ辻の向こうから、豆腐売りの声が聞こえてきた。

正直屋とも呼ばれる豆腐屋には、働き者の善人が多い。

夜明けの一刻《いっとき》（二時間）前、それに正午前と暮れ六つ（午後六時）前、一日にかならず三度、雨が降ろうと風が巻こうと、天秤棒の両端に笊《ざる》をぶらさげて肩に担ぎ、定刻どおりにやってくる。

「豆腐ぃ〜」

井之蛙亭三九は、正直屋の口調をまねて小さく発した。

「まめで四角くやわらかく、老若男女にも憎まれず」

豆腐をそんなふうに戯《ざ》れて詠《よ》んだのは、たしか、隠元豆《いんげん》を世に広めた隠元禅師であったか。

滑稽本の執筆を生業《なりわい》としているせいか、どうでもよいことをよく知っている。

三九は両眉を吊りあげ、猫のように狭い額をさらに狭くした。

「やっこでも食うかな」

いつもどおり、傘も差さずに濡れてきたが、たいして気にはならない。

元は越後の山だし者。出稼ぎで江戸へ食いにきた椋鳥の成れの果て。生まれてこの方傘など差したこともなかった。

淫靡《いんび》な匂いの漂う芳町の露地裏に歩を進め、小便臭い吹きだまりで立ちどまる。

黒板塀に囲まれた平屋が建っていた。

一見すると質屋のようだが、身寄りのない娘たちを商家の下女奉公に周旋する口入屋だ。

赤提灯には「ひなた屋」とあり、一膳飯屋もやっている。

そのむかしは「すみ屋」と称し、気っ風の良いおとき婆さんが切り盛りしていた。

「すみ屋のおときといえば、俠気で売った女将さね」

そう教えてくれたのは、大名家などへも畳を納める備後屋の隠居だ。

今は、義理人情に厚いおとき婆さんの血をひいた孫娘が、細腕ひとつで見世の暖簾と婆さんの糠床を守っている。

孫娘の名はおふく、齢《よわい》は三十路過ぎ、おせんという十五になった娘の母親でもあった。

亡くなった双親や情夫に捨てられたはなしを誰かに聞いた気もするが、本人に根掘り葉掘り尋ねる勇気はない。

見世の間口は煙草屋なみに狭いものの、奥行きは深く、鰻の寝床のように部屋がいくつもあり、薄幸な娘たちが肩寄せあって暮らしている。なかには、亭主や情夫の暴力に耐えきれず、着の身着のままで逃げてきた女たちもおり、喩《たと》えてみれば、ひなた屋は駆込寺のようなところだった。

さしずめ、おふくは貧乏人に福をもたらす福の神、弱い者たちに安らぎを与える生き観音にほかならない。

暖簾《のれん》を振りわけると、ふくよかな瓜実顔《うりざね》が出迎えてくれた。

おふくだ。

「物書きさん、いらっしゃい」

えくぼをつくって微笑む顔が、何とも言えずに愛らしい。

潰し島田の燈籠鬢《とうろうびん》には、おとき婆さんが形見に遺した鼈甲の櫛を挿し、弁慶格《べんけい》子の小袖を黒と黄檗《おうばく》の昼夜帯できりっと締めあげている。前垂れは井桁《いげた》をあしらった平絣《ひらがすり》、小袖の薄い布地のしたに紅い麻の葉模様の下着が透けてみえ、年増の色気をさりげなく放っていた。

羽釜が蟹のように泡を吹き、濛々《もうもう》と湯気を立てている。

米は直火のかまど炊き、釜底の米粒は狐色の焦げ目をつけてひと粒ならびに立っており、口に抛《ほう》ればふっくらと甘く香ばしい。

ふたつへっついの隣は板場、鍋や桶のたぐいも置かれ、食材を貯える穴蔵もある。檜《ひのき》の一枚板を二枚継ぎあわせた床几が板場を鉤の手に囲み、明樽に座った客はおふくと対面できるようになっていた。料理屋ではあまり見掛けない造作だが、女将と客の近さがひなた屋の売りでもある。

風通しのよい座布団のうえには、おふくが拾って肥えさせた三毛猫が眠っていた。

「のら」

と、名を呼んでも、耳ひとつ動かさない。

餌をたらふく啖《くら》ったあとは、いつもこうだ。

惚《ほう》けたような間抜け面で、微睡《まどろ》んでいる。

「おまえさんの顔、のらにそっくりだよ」

そう、おふくに言われたことがあった。

猫顔のせいで気に入られ、ツケのきく常連の端にくわえてもらい、たいていは夕方一番にやってきて、未練たらしく夜更けまで粘りつづける。

置物も同然に馴染んでしまう特技は、野良猫以上のものと自負していた。

三九は床几の端まで歩き、定まった明樽に座る。

座った途端、ぞくっとするような殺気を感じた。

恐々と目を向ければ、見知らぬ女が睨《にら》んでいる。

歳の頃なら二十五か六、三つ輪髷を高くまとめて笄《こうがい》をぐさりと挿し、裾に花菖蒲《しょうぶ》をあしらった黒羽織に、破れ毘沙門亀甲《びしゃもんきっこう》模様の帯を締めていた。

癇《かん》の強そうな面立ちといい、辰巳《たつみ》芸者のような風体といい、あきらかに町娘のものではない。

「おことちゃん、あんまりみつめたら変におもわれちまうよ」

おふくは女を軽く諭し、白いのどを震わせて笑う。

「この娘、顔相をやるのさ。ほら、髷に挿した笄、何だとおもう。めどきだよ」

なるほど、よくみれば、筮竹《ぜいちく》占いに使う竹串だった。

「辻占《つじうら》なのさ。楽屋新道《がくやしんみち》の隅っこに小机を置いてね、芝居見物の客をあてこんで日がな一日座っている。もちろん、客なんざありゃしない。せいぜい、酔客程度さ。でもね、けっこう当たるんだよ。わたしも手相をみてもらうんだ。え、何を占ってもらうのかって。うふふ、恋占いにきまってんじゃないか。もうすぐ、あやめの占《うら》の季節だしね。あ、そうだ。おまえさんも独り身なんだから、占ってもらえば」

拒んだつもりで右手を横に振ると、おことは石でも抛るように吐きすてた。

「そちらさん、売れない物書きだね」

「おや、驚いた。当たっちまったよ」

おふくは燗のついた銚釐《ちろり》を摘み、売れない物書きの盃に注いでくれる。

「ね、言ったとおりだろう。この際だから、何か聞いてみたら」

何を聞けばよいのか、咄嗟《とっさ》にはおもいつかない。

おことが眸子を細め、また口をひらいた。

「いくら待っても芽は出ない」

職を替えたほうが身のためだとまで言われ、少し腹が立ってくる。

「頼んでもいないのに、勝手に占うのはやめてほしいな」

温厚で通っている物書きが気色《けしき》ばむと、商売っ気のない辻占は物悲しげな顔をしてみせた。

「誰かに面と向かうと、つい、占ってしまうのです」

「そんなに占いたいなら、鏡を覗いて自分を占ったらどうだ」

「それはできません」

「どうして」

「鏡のなかの自分をみれば、むかしのことをおもいだすから」

嫌な思い出でもあるのだろうか。

気まずい沈黙が流れ、おふくが助け船を出した。

「誰にでも、他人に知られたくない過去はあるよ。いくら物書きさんでも、これ以上の詮索は野暮ってものさ」

「女将さん、ありがとう」

おことは蚊の鳴くような声で礼を述べ、盃の縁をちょろっと嘗めた。

「おやおや。お公家《くげ》さんみたいだこと」

「だって、初対面のおひとのまえで、はしたないまねはできないもの」

おことはかなりの酒好きで、悪酔いすると誰彼かまわずくだを巻くらしい。

「女のからみ酒ってのも、可愛いものさ」

最初は冴えない女にみえたが、事情《わけ》ありと知った途端、色気を感じてしまう。

三九はえらく興味を惹かれたが、事情を聞きたい素振りもみせなかった。

と、そこへ蔭間の京次がやってきた。

鰓の張った四角い化粧顔で、大袈裟に驚いてみせる。

「あれ、売れのこりの辻占とはめずらしい。いったい、どうした風の吹きまわしだい」

「雨で商売あがったり」

「淋しく雨に打たれていたら、ひなた屋が妙に恋しくなった」

「そのとおり」

「こっちは男ひでりでね、自棄《やけ》酒を浴びにきたのさ」

「浴びる酒なんぞ、うちにはないよ」

おふくは笑って受けながし、京次の盃に燗酒を注いでやる。

「この酒は」

「下り物の富士見酒《ふじみ》さ」

「おっと、上等な諸白をこぼしちゃいけない。ところで、姐さん、伝介店《でんすけだな》の店だてのはなしは聞いたかい」

「ええ。何でも、竈《へっつい》河岸を縦に拡げるためだとか」

河岸と道ひとつ挟んだあたりに暮らす連中が、束にまとめて立ち退きを迫られているというのだ。

「夏には蒲団を質に入れ、冬には蚊帳《かや》を質に入れ、かつかつで暮らしている貧乏人たちだよ。有無を言わせずに出ていけってのは、誰が考えても、えげつないはなしさ」

「大家さんは、どうしているの」

小首をかしげるおふくに向かって、京次は深々と溜息を吐く。

「因業な爺らしくてね、地廻《じまわ》りの強面《こわもて》どもといっしょに、店子《たなこ》の追い出しに掛かっているらしいよ」

「お役人は。訴えてる者はいないの」

「訴人をやったら、縄を打たれるのがおちさ。なにせ、役人たちもつるんでいるって噂だからね。ふん、金さえ積めば、どんな理不尽でもまかりとおる。そんな世の中に未練はないよ。いっそのこと、ひっくり返っちまえばいいんだ」

「めったなことを言うもんじゃない。壁に耳あり障子に目ありだからね」

「姐さん、これは対岸の火事じゃない。うちの五右衛門だって、地面と建物は借り物なんだよ」

「うちだって同じ」

おふくと京次は、しめしあわせたように溜息を吐く。

「まんがいち、ひなた屋が無くなりでもしたら、世も末だね。芳町から灯《あか》りが消えたようになっちまう」

「平気さ。ここを梃子《てこ》でも動かないから」

「気をつけるに越したことはないよ。姐さん、強面の連中がやってきても、けっして弱味をみせちゃいけない。矢でも鉄砲でも持ってこいってな顔で、撥《は》ねつけてやりゃいいんだ。そいつが客に化けてやってきても、酒肴なんざ出してやることはないからね。ああした連中は、嘗められたら仕舞いさ」

さらに、そこへ、見掛けない大男がのっそりあらわれた。

「ぬげっ」

おもわず、京次は声をあげる。

強面の男だ。

しかも、眉間《みけん》に三日月形の刃物傷がある。

おふくは京次を尻目に、いつもどおりの明るい口調で言った。

「おいでなさい」

男は入口に近い明樽に座り、怒ったように「やっこ」と吐きすてる。

「あいよ」

少し間をあけて、おふくが聞き返す。

「お酒は燗をしますか」

「ふむ」

三九の席からは、男の凜々《りり》しい横顔がみえた。

鼻は鷲《わし》のように尖り、頑丈そうな顎は長い。

よく似た顔の役者絵を目にしたことがある。

国崩しの極悪人、「先代萩《せんだいはぎ》」の仁木弾正《にっきだんじょう》。演じるは「鼻高幸四郎《こうしろう》」こと、五代目松本《まつもと》幸四郎だ。

「はい、おまちどおさま」

おふくは、白地に藍色の鯉が描かれた平皿をことりと置いた。

平皿に載ったやっこには、刻み葱と削り節が振られており、生醤油をちょろっと垂らす。

山葵《わさび》に生姜《しょうが》、陳皮《ちんぴ》に青唐辛子、胡麻《ごま》に紫蘇《しそ》に山椒《さんしょう》、胡椒《こしょう》に辛子に紫海苔と、やっこの薬味は数あれど、ひなた屋では刻み葱に鰹《かつお》の削り節ときまっていた。

男は馴れた箸づかいで豆腐の角を上手に掬い、口に抛りこむや、満足げにうなずいてみせる。

「さ、どうぞ」

すかさず、おふくは酌をしてやった。

男は盃を呷《あお》って豆腐をまた食い、注がれた二杯目の富士見酒を嘗める。

かたわらでみていても、いっこうに飽きない。

並んで座る京次とおことも、目が釘付けになっていた。

男はひとことも喋らず、やっこひと皿で一合の酒を呑んだ。

そして、頬をほんのり紅く染め、床几に銭を置いて去った。

人影が消えてしばらく経ってから、京次がようやく沈黙を破った。

「行っちまったよ。何だろうね、あいつ」

「ただのお客さ」

おふくの返答に、京次は太い首を横に振る。

「そうはみえなかった。きっと、危ないやつさ。噂をすれば何とやら、店だての下見に来たのかも」

「まさか。一合呑んだきりで、酸漿《ほおずき》みたいに紅くなっちまったよ」

「ふふ、一合上戸《じょうご》ってやつだね」

「それに、やっこを食べる仕種が、何だか妙に可愛らしかったじゃないか」

京次は斜《しゃ》に構え、おふくに流し目をおくる。

「姐さん、懸想《けそう》しちまったのかい」

「やめとくれ。趣味じゃないよ。でも、そちらさんはどうやら、心を奪われちまったみたいだね」

「そちらさんて、売れのこりのことか。おや、ほんとうだ」

おことは話題にされているのも気づかず、心ここにあらずといった体で惚けている。

「この娘ったら、魂を抜かれちまってるよ」

呆《あき》れかえる京次を睨み、おことはぼそっとこぼす。

「あのひと、悪人じゃない」

あいかわらず、雨は降りつづいている。

辻占のことばは正しいと、三九はおもった。


それから数日、鬱陶しい雨は降りつづいた。

向こう傷の男はあの夜以来、あらわれなかったが、辻占のおことは再会を期待するかのように、毎晩見世にやってきた。

今宵、京次はいない。

代わりに、霜枯れの紋蔵が明樽に座って酒を嘗めている。

「あやめ酒か。そういや、もうすぐ端午《たんご》の節句だったな」

「あら、いやだ。忙しすぎて忘れちまったの。何なら、柏餅もござんすよ」

「いらねえよ。辛気《しんき》臭え酒もお断りだ」

「まあ、邪気払いのお酒なのに」

菖蒲《しょうぶ》の根を刻んで浸す「あやめ酒」は、あまり美味いものではないらしい。

「それなら、剣菱でもつけましょうかね」

「おお、そうしてくれ。『内田《うちだ》屋』の剣菱なら文句はねえ。なにせ、一升三百文もする諸白だかんな」

紋蔵は古手の岡っ引き、橋向こうの魚河岸辺から芝居町や芳町の界隈までを縄張りにしている。

「のらのやつ、いつまで寝惚けていやがるんだ」

招き猫代わりに飼われた野良猫は、あいかわらずの間抜け顔で微睡んでいた。

「鳴かれると鬱陶しがるくせに」

「へへ、女と同じだぜ」

「まあ、親分たら」

おふくは、紋蔵の盃を上等な酒で満たしてやった。

「ところで、向こう傷の男のこと、何かわかったかい」

「ああ」

「もったいぶらずに教えとくれ」

「聞いてどうする。ありゃ、島帰《げ》えりだぜ」

「島帰り」

聞き耳を立てていたおことが、素《す》っ頓狂《とんきょう》な声をあげる。

「そうさ。三月《みつき》ほどめえ、伊豆《いず》の大島《おおしま》から御赦免《ごしゃめん》船で戻されたばかりだ。勘太郎《かんたろう》一家に草鞋《わらじ》を脱いでいやがる」

「勘太郎一家って、富沢町《とみざわちょう》の」

「そうよ。勘太郎は知ってのとおり、古着のどろぼう市を一手に仕切る地廻りだ。草鞋を脱いだ島帰えりの眉間にゃ、三日月形の刃物傷があったろう。ありゃ、五年前、勘太郎のためにこさえたものだ」

「地廻りのために命を張った」

「そういうことになるな」

勘太郎は世間体を慮《おもんぱか》り、島帰りの男の面倒をみることにしたらしい。おことは「勘太郎」の名を耳にしたときから鬱《ふさ》ぎこみ、ひとことも発しなくなった。

紋蔵は気づいた様子もなく、剣菱をのどに流しこむ。

「男の名は仁平次《にへいじ》。流れ者の壺振りだったが、板橋宿《いたばし》の鉄火場で勘太郎と知りあった。ところが、知りあってすぐに、刃傷沙汰《にんじょうざた》をおこしやがった」

勘太郎の命を狙った刺客を匕首《あいくち》でひとつきし、刺し殺したのだという。

「え、殺《あや》めたの」

「そうだ」

侍殺しは理由の如何《いかん》にかかわらず、打ち首ときまっている。

ところが、仁平次に下された沙汰は島送りだった。

「しかも、八丈島《はちじょう》じゃなかった。八丈島ならまず帰えってこれねえが、大島ならまだ戻される望みはある。勘太郎が袖の下を使わねえかぎり、あり得ねえはなしさ。命の恩人の仁平次が打ち首になったとあっちゃ、男が立たねえとでも考えたんだろうよ」

「それで、助けた」

「ああ。仁平次の眉間に刻まれた傷は、刺客の浪人者とやりあったあげく、こさえたものだとよ」

「ふうん。それにしても、何で勘太郎は命を狙われたんだろう」

「あの野郎は、阿漕《あこぎ》な高利貸しだぜ。狙われる理由なんざ、掃《は》いて捨てるほどあらあ。仇《かたき》と狙う相手も山ほどいるしな。だから、浪人者を雇ったのが誰かも、わからず仕舞いになっちまった」

「たしか、浜町《はまちょう》河岸の向こうを仕切る地廻りが張りあっていたよね」

「五六三《ごろぞう》か」

「うん、そいつだ」

五六三は高利貸しを生業にしているが、湯島や根津《ねづ》の岡場所で顔の利く女郎屋からもみかじめ料をとっていた。

強請《ゆす》り、たかり、騙《かた》りと、あくどいことなら何でもやってのける。文字どおりの悪党だ。しかも、目端が利いて狡賢《ずるがしこ》いので、袖の下を使って不浄役人に取り入り、なかなか尻尾を摑ませない。

紋蔵も渋い顔で「勘太郎のほうが、まだ可愛げがある」と言った。

「二十年もめえから、勘太郎と五六三は仇敵《きゆうてき》同士だ。たしかに、五六三ならやりかねねえ。勘太郎の命が、のどから手が出るほど欲しかろうよ。どっちにしろ、仁平次って野郎が騒動のタネにならなきゃいいがな」

「でも、どうしてだろう」

おふくは酌の手を止め、思案投げ首で考えこむ。

「何で島帰りの壺振りが、この見世を訪ねてきたんだろう」

「そりゃおめえ、たまたまだろうよ」

「ならいいけど」

「心配《しんぺ》えか」

「少しね」

紋蔵の注ぐ眼差しは、娘を案じる父親のようだ。

明樽のひとつから、深々と溜息が漏れてきた。

「おことか」

紋蔵が皺首を捻《ひね》る。

「どうした。溜息なんぞ吐きやがって」

「別に」

「向こう傷の野郎が、それほど気になるのか。やめとけ。おめえは風変わりな娘だが、仁平次みてえなやつに関わるんじゃねえ」

「ふん、余計なお世話」

おことはふてくされた顔で吐きすて、銭も払わずに外へ逃れていった。


端午の節句の晩は、菖蒲湯に浸かって邪気を払う。

辻占のおことは、湯あがりのようなさっぱりした顔で見世にあらわれた。

ところが、馬医者の桂甚斎をみつけた途端、顔色を変えて逃げだそうとする。

「ちょいと、お待ちよ」

おふくに呼びとめられ、おことは渋々ながら明樽のひとつに座った。

三九は勘ぐった。

どうやら、馬医者とのあいだに何か事情があるらしい。

「ふん、馬が合わないだけさ」

こちらの心を読んだように、おことは吐きすてる。

離れて座るふたりのあいだには、明樽が三つも並んでいた。

「困ったもんだよ。顔を合わせりゃ、いつもこうなんだから」

おふくが燗酒を出してやると、おことは待ちきれずに置き注ぎで呑みはじめた。

自棄《やけ》酒を呷っているようで、見栄えのする景色ではない。

甚斎は葱ぬたを食べながら、川獺のような顔で覗きこむ。

「おことよ、ちったあ独り身の年寄りを労《いたわ》れ」

「うるさい。みるんじゃない」

おことに撥ねつけられ、馬医者は泣き笑いの顔をつくった。

おふくは気にも掛けず、おことのまえに平皿を差しだす。

「さあ、おあがり」

平皿には、やっこが載っていた。

おことは、生唾を呑みこむ。

「仁平次っておひとのこと、おもいださせちまったかい。でもね、ようくみてごらん、いつものやっことちがうだろう」

たしかに、豆腐には無骨さの欠片《かけら》もなく、滑らかな光沢を放っている。

「賽《さい》の目に切るのも難しい、絹ごし豆腐だよ」

おことは、黒目がちの瞳を輝かせた。

「これ、みたことある」

「どこで」

「吉原《よしわら》」

「え」

「『玉屋《たま》』のご楼主に頼まれて、花魁《おいらん》の行く末を占いに行ったことがあってね。そのとき、お大尽《だいじん》に供された蝶足膳《ちょうあしぜん》に、これと同じ豆腐が置いてあった」

花魁はいずれ三千両の樽代《たるだい》で身請けされると占ってやったら、みなにたいそう喜ばれた。おことはそのときに頂戴した報酬を切りくずし、細々と食いつないでいるらしかった。

かたわらから、川獺顔の甚斎が口を挟む。

「花魁の肌のような滑らかさ。そいつは『山や』の絹ごし豆腐だぜ」

「おや、何だろうね、このひと。やたら廓の事情に詳しいじゃないか」

と、おふくが応じた。

「うへへ、くわばら、くわばら、口は災いの元」

「山やの豆腐なんぞより、滑らかさは上だよ」

おふくは馬医者を相手にせず、おことに豆腐を薦めた。

「ほら、遠慮せずにお食べ」

「はい」

おことは箸で器用に掬い、ふわふわの豆腐をひと口食べる。

にんまりした。

「美味しい」

「だろう。お公家さん好みの絹ごしさ」

京風の豆腐をつくって売る正直屋が近所に見世をひらき、挨拶代わりにと配って歩いているらしい。

「一丁十二文だけど、一丁の大きさが小さすぎて笑っちまうのさ」

京坂《けいはん》の豆腐は小さい。四つ合わせて、ようやく江戸の豆腐と同じ大きさになる。

ゆえに、半丁売りはせず、最低でも一丁からしか売らないという。

「どうだい。それを食べたら、江戸の木綿《もめん》豆腐なんざタワシみたいなもんだろう」

かたわらから、甚斎がまた口を挟む。

「タワシたあ、恐れいった。そもそも、豆腐ってな便利な代物《しろもの》よ」

天明《てんめい》二（一七八二）年に刊行された『豆腐百珍』なる料理本によれば、百もの料理方法があった。

「けどな、豆腐は生豆腐にかぎる。夏はやっこで冬は湯豆腐、これできまり」

「ちょいと、静かにおしよ。今は絹ごし豆腐のはなしをしてんだから」

「おれに言わせりゃ、絹ごし豆腐なんざ女子供の食い物さ。タワシのほうが歯ごたえがあって、よっぽどいいぜ。豆腐ってなあよ、無骨で不器用で、ごつごつしていなくちゃならねえ。みてくれじゃなくて、中身で勝負ってわけだ」

「まるで、仁平次っておひとみたいだね。強面のくせして、やっこを食べるときだけは可愛げだったよ。川獺先生みたいに、タワシのほうがいいって言うのかしら。ちょいと聞いてみたい気もするけど」

あの夜以来、仁平次はすがたをみせていない。

おふくは庖丁を器用に使い、薬味の葱を刻みだす。

おことは悲しげに俯き、絹ごし豆腐を食べつづける。

甚斎がまた、半畳《はんじょう》を入れた。

「仁平次ってのは、そんなにおもしれえやつなのか」

返答はない。

女たちの人待ち顔に嫉妬でもおぼえたのか、馬医者は残りの酒を呑んで早々に引きあげていった。

「あら、行っちまったよ。今宵は特別な肴を用意しといたってのに」

そういえば、香ばしい匂いがする。

へっついに鉄網が載せてあり、海老のようなものがほどよく焼けていた。

「蝦蛄《しゃこ》だよ。今が旬さ」

大きめの平皿二枚に蝦蛄が二尾ずつ載せられ、三九とおことの面前に出される。

熱々のところを湯気を吹きながら殻を剝《む》き、甘だれにつけて口へ抛りこもうとするや、おふくから待ったが掛かった。

「おふたりさん、お忘れだよ。酉《とり》の方角を向いて笑っとくれ」

「そっか。初物だものね」

おことは前歯を剝き、にっと笑う。

「そっちじゃないよ。酉の方角は入口のほうだ」

おことも三九も横を向き、入口に向かってにっこり笑う。

何やら、幸せな気分だ。

「さあ、どうぞ」

おふくに促され、蝦蛄を口に抛りこむ。

ふっくらした舌触りが何とも心地よく、嚙んだ途端に至福の彼方《かなた》へ連れていかれた。

大袈裟なはなしではない。それほど美味しかった。

「うふふ、梅雨《つゆ》どきは蝦蛄を食わなきゃはじまらねえ、でしょ」

おふくは馬医者のまねをし、べらんめえな口調で言いはなつ。

おことは何がそれほど可笑《おか》しいのか、海老反りになって笑いだす。

三九も笑った。蝦蛄を堪能しながら、久方ぶりに心の底から笑ったような気がしていた。

おふくは、床几の端に紫陽花《あじさい》を飾った。
艶やかな夏虫色の小袖の裾にも、淡紅《うすべに》や紫の紫陽花があしらわれている。
雨はあいかわらず、熄《や》む気配もない。
仁平次が訪ねてきて以来、ずっと降りつづいているような気もする。
辻占のおことも、ぷっつりすがたをみせなくなった。
風邪でもひいたのではないかと案じられたが、おふくは気にする素振りもみせない。
来たけりゃ来る。余計な詮索はよしにしよう。
たぶん、そうおもっているのだ。
他人の心配をするより、たまった呑み代のつけを払ったほうがよい。
さきほど、岡っ引きの紋蔵が少しだけ顔を出していった。
神楽坂《かぐらざか》上にある赤城《あかぎ》明神裏の岡場所で、大きな捕り物があるらしい。
「警動《けいどう》だってさ」
正面に座る京次が、心細げにこぼす。
「女郎たちが根こそぎ、縄を打たれるんだよ」
京次のかたわらに座る甚斎が、嬉しそうにからかった。

「他人事じゃねえぞ。芳町の蔭間茶屋もそのうち、ごっそりやられちまうぜ。おめえは『五右衛門』の雇われ亭主だろう。こんなところで、のんびり酒喰《くら》っててもいいのか。ほら、尻の釜に火い点《つ》けて帰《け》えりやがれ」

「うるさいねえ、このへっぽこ医者。むかしは中条《ちゅうじょう》流だったくせに、大きな口を叩くんじゃないよ」

「中条流がどうしたって。おれはな、好きこのんで他人様の子を水に流していたんじゃねえ。世の中にゃよ、やむにやまれぬ事情で子を堕ろす女たちがごまんといる。そいつを救ってやるのが中条流の医者よ。言ってみりゃ、駆込寺のようなもんさ」

「そんなはずがあるものか。中条流は貧乏人からなけなしの金を搾《しぼ》りとり、神様から授かった子を殺める。鬼だよ。おまえさんだって、しこたま儲けた口だろう」

「儲けていりゃ、今ごろ馬医者なんぞやってねえ」

「ふん、どうだか」

ふたりの口喧嘩は、今にはじまったことではない。

だが、甚斎が中条流の医者だったというのは初耳だ。

――月水やはやながし、中条流婦人療治、験《げん》なくば礼不請。

禍々《まがまが》しい噂によれば、中条流の医者は水銀を卵の大きさに固めた「腐り薬」と呼ぶ丸薬を妊婦の産門に捻《ね》じこみ、胎児を腐らせて引きだすという。なかには、悶《もだ》え死ぬ母親もいると、三九は聞いたことがあった。

ふと、おことの不安げな顔が脳裏に浮かぶ。

甚斎の顔を目にした途端、見世から出ていこうとしたのだ。

もしかしたら、中条流が関わっているのかもしれない。

子を堕ろした過去があるとすれば、甚斎を避けたい理由もわかる。

おそらく、京次もおふくも、そのあたりの事情を知っているのだろう。

知っていても、他人の嫌がることは口にしない。傷口には触れずに知らぬ顔をきめこむ。そうした不文律が、ひなた屋にはある。

気づいてみると、雨音は消えていた。

「おや、熄んじまったみたい」

おふくは駒下駄を鳴らし、表口から外へ顔を出す。

「あっ」

驚いた声を発したきり、石地蔵のように固まった。

「どうしたの、姐さん」

京次の問いかけで呪縛を解かれ、おふくは後退《あとじさ》りしはじめる。

ひんやりとした夜気が紛れこみ、大きな人影がのっそりあらわれた。

「む、向こう傷」

仁平次だ。

京次の台詞《せりふ》など聞こえぬように、すぐそばの明樽に腰をおろす。

「やっこ」

ぶっきらぼうに注文した。

みなが注目するなか、おふくは白地に藍色の鯉が描かれた平皿を差しだす。

皿に載っているのは、滑らかな光沢を放つ絹ごし豆腐だった。

仁平次は顔色も変えず、箸を器用に使って豆腐の端を掬う。

すっと、口に入れた。

首をかしげ、箸を置く。

「こいつは、やっこじゃねえ」

ひとこと発し、席を立ちかけた。

「待っとくれよ。お気に召さないってんなら、あんたのやっこを出したげる」

間髪《かんはつ》を容《い》れず、おふくは別の平皿をとんと置いた。

皿に載っているのは、無骨なみてくれの木綿豆腐だ。

刻み葱と削り節を振りかけ、生醤油を垂らしてある。

仁平次は箸で掬って口に抛り、ぴくっと片眉を吊った。

すかさず、おふくは酌をしてやる。

燗した酒は内田屋の剣菱、小銭を払って呑む酒ではない。

仁平次は恐い顔でひと息に呑みほし、豆腐に箸をつける。

傍から眺める三九は、のどが渇いて仕方なかった。

酒で潤しても、すぐに渇いてしまう。

誰ひとり何も語らず、ただ、豆腐を食べる音だけを聞いている。

「あ、ちょんきなちょんきな……」

おふくは座を保《も》たせようと、得意の手踊りをやりはじめ、すぐに止めた。

仁平次は、まったく関心をしめさない。

燗酒を一合だけ呑み、平皿のやっこをたいらげると、顔を紅く染めながら勘定を済ませ、風のように去っていった。

「いい男ぶりだねえ」

開口一番、京次が呻いた。

「さきに言うんじゃないよ」

おふくは口惜《くちお》しがり、地団駄を踏む。

京次の喋りは止まらない。

「こいつは、やっこじゃねえ。けえっ、痺《しび》れる台詞《せりふ》だよ。あれは本物の男さ」

「蔭間にわかるのか」

馬医者の口調にも、嫉妬が入りまじっている。

辻占のおことが居たら、蕩《とろ》かされてしまったにちがいない。

「あのおひとには、にがりの味が残る江戸の豆腐がお似合いさ」

おふくの言うとおりだ。

木綿豆腐を好む男の一途さに、これほど胸を打たれたことはなかった。

それにしても、仁平次はまだ何ひとつ自分のことを語っていない。

にもかかわらず、ひなた屋に集う面々は仁平次のことを何でもわかった気でいる。

侠気から人を殺め、流されたさきの大島で口にはできないほどの辛酸《しんさん》を嘗めたにちがいない。きっと、そうだ。漁師のように潮焼けした肌と目尻に刻まれた深い皺をみれば、五年の島暮らしがどれだけ辛いものであったかは容易に想像できる。

そうした男の生きざまを知っているからこそ、格別な情も湧いてくるのだ。

——こいつは、やっこじゃねえ。

怒りとともに発せられた台詞に、おふくと京次が心を奪われてしまったのも無理はない。

三九も甚斎同様、嫉妬をおぼえずにはいられなかった。

筋を通して生きることの難しさを知っているだけに、そうやって生きてきた仁平次が眩《まぶ》しすぎる。

辻占のおことは、おそらく、直感でわかったのだ。

仁平次の侠気を即座に見抜き、惚れてしまったにちがいない。

無骨な木綿豆腐のような男に、余吉《よきち》という病弱な弟があると知ったのは、それから数日ののち、夏至《げし》も近づいたころのことだった。

定斎《じょうさい》屋が薬箪笥《たんす》の金輪をかたかた鳴らし、心太《ところてん》や酸漿《ほおずき》を売る物売りの声が露地裏に響きはじめた。

夏の物売りは出揃ったが、ものを腐らせる雨は降りつづいている。

仁平次が島送りになっているあいだ、弟の余吉はずっと勘太郎の世話になっていた。

「渡世の義理は山より重い。だから、兄貴の仁平次は勘太郎を裏切ることができねえのさ」

霜枯れの紋蔵が声をひそめた。

煤《すす》けた柱には鵜籠《うかご》が吊され、十五のおせんが摘んできた石榴《ざくろ》の花が生けてある。滴《したた》るような臙脂《えんじ》色の花をみるともなしに、おふくはじっと耳をかたむけていた。

「伝介店の店だては知っているよな。そいつを仕切ってんのが、富沢町の勘太郎よ。仁平次は勘太郎に命じられ、貧乏人どもの追いだしを手伝っている。あの強面で脅されりゃ、てえげえのやつは言うことを聞く。渡世の義理を果たすためなら、弱い者いじめも厭《いと》わねえ。仁平次ってな、そういう男だ」

紋蔵は苦い顔で言い、おふくに酌を求めた。

「ちょいと、がっかりだね」

「流れ者の壺振りなんぞに、ろくなやつはいねえ。おめえたちも舞いあがってねえで、そこんところをしっかり胸に刻んでおくんだな」

「でも親分、仁平次っておひと、弟おもいなんだね」

「ああ、そいつだけはたしかだ。幼えころに双親と死に別れ、血を分けた兄弟ふたりがのこされた。兄貴は十も歳の離れた弟を養うために、盗みでも何でもやったそうだ。余吉にゃ絵の才があってな、内職で団扇《うちわ》に絵を描いている。そいつがちょいと評判になっているらしいぜ」

「へえ、どんな絵なんだろう」

「みてえか。ほれ、ここにある」

紋蔵が取りだした団扇には、役者の大首絵《おおくびえ》が描かれていた。

「古い団扇に、こんなのがあったねえ」

「写楽《しゃらく》だろう。でもよ、筆使いは歌麿《うたまろ》なみに繊細だぜ」

大胆な写楽の構図と歌麿の筆使いとくれば、評判にならぬはずもないが、錦絵《にしきえ》に詳しい三九の目でみると、いまひとつ迫力に欠ける。団扇の枠からはみでるような力強さは感じられない。

おふくは、えくぼをつくって微笑んだ。

「その役者、兄さんの顔にそっくりだね」

「仕方ねえさ。余吉は長えあいだ陽に当たれねえからだらしくてな、家に籠もったきりで、兄貴の顔しか拝むことができねえんだ。描いた役者の顔は、ぜんぶ仁平次に似てくる。そいつは仕方のねえことさ」

「何だか、切ないはなし」

「熊手代わりに、飾っとくかい」

「うん、そうしよう」

三九はおふくに頼まれ、黄ばんだ壁に団扇を貼りつけた。

「ほう、ずいぶんと映えるじゃねえか」

紋蔵は胸を反らし、満足げにうなずく。

「店だて封じのお守りになるぜ。世の中一寸先は闇、不幸ってのはおもわぬときにやってくる。用心に越したことはねえ」

「親分の仰るとおり」

紋蔵はおふくに剣菱を注いでもらい、ちびちびと盃を嘗める。

「ところで、絹ごし豆腐はどうしたい。あれきり、出てこねえようだが」

「上方訛《かみがたなま》りの正直屋さん、どうやら、おもうように売れなかったらしくてね。もういっぺん修業しなおしますって、挨拶に来たのよ」

「やっぱしな。京風のやわな豆腐は江戸っ子の口にゃ合わねえ。ま、それはそれでいいじゃねえか。正直屋も修業を積んだら、ひと皮剝けるかもしれねえぜ」

「ひと皮剝けた絹ごし豆腐。楽しみだね」

「まったくだ」

紋蔵はめずらしく長っ尻をきめこみ、上機嫌で諸白を嘗めつづけた。

赤城明神裏の警動で捕まえた哀れな女郎たちのなかで、十五に満たない者は解きはなちになり、そのうちのふたりばかりを、おふくに頼んで引きとってもらうことにした。それもあって、気分が良いのだろう。

外は梅雨闇《つゆやみ》、歩いて帰るのも憚《はばか》られるほどだ。

辻占のおことは今ごろどうしているのだろうと、三九はおもった。


柱の鶍籠には、釣鐘《つりがね》のかたちをした紅紫《あかむらさき》の花が生けてある。

「蛍袋《ほたるぶくろ》だよ」

と、おふくが教えてくれた。

娘のおせんが摘んできてくれたのだ。

幼子が花筒のなかに蛍を入れて遊ぶところから、蛍袋の名が付いたらしい。

「そういえば、雨降り花とも呼ばれていたな」

三九は、手拭いで首の汗を拭った。

梅雨はまだ明けそうにない。

客は三九のほかに、馬医者の甚斎と蔭間の京次がいる。

甚斎は酒の力を借りて、微酔《ほろ》い顔でおことの事情を語りはじめた。

「今まで黙っていたがな、あいつは勘太郎の一人娘なのさ」

「え、ほんとうかい」

おふくも京次も驚き、ことばを失ってしまう。

甚斎は、かまわずにつづけた。

「かれこれ九年前のはなしになる」

おことは流れ者の壺振りと良い仲になり、いっしょに逃げたが捨てられた。壺振りはどこかで野垂れ死んだが、おことは子を身籠もっていた。

「産むつもりだったが、勘太郎に気づかれてな、水にさせられたってわけさ」

水にする役目を仰せつかったのが、誰あろう、甚斎であった。

馬医者は眼差しを宙に泳がせ、おふくに酌を催促する。

「知ってのとおり、勘太郎は阿漕《あこぎ》な野郎だが、人の親であることにかわりはねえ。可愛い娘の将来をおもって、やったことだ。そいつをな、おことはわかってやろうとしなかった。おれは何度も言ったんだ。そろそろ、許してやったらどうだとな。父親を許してやりゃ、自分だって苦しまずに済む。でも、あいつは九年経っても、おれの言うことを聞かねえ。強情さにかけては天下一品、親の血をひいているらしくってな」

甚斎の診立てでは、九年前のおことは子を産むことのできるからだではなかった。

「生まれつき、血が少ねえのさ。子を産んだら、命を落としかねねえところだった。おことには泣いて頼まれたんだ。産ませてほしい、後生《ごしょう》だからってな。あの台詞は今でも耳から離れねえ。たしかにな、今からおもえば、やりてえようにさせてやりゃよかったのかもしれねえ。産んで命を落としても、それが運命だとあきらめられる。挑まずにあきらめちまったら、残りの人生は梅雨闇だ。生きているかぎり、そいつが痼《しこ》りになっちまう。人間、業《ごう》を背負って生きるのが辛くなったら仕舞《しめ》えだろう」

もしかしたら、仁平次は勘太郎に頼まれて娘を取りもどしにきたのかもしれない。

三九はふと、そうおもった。

勘太郎は娘の気持ちを探り、あわよくばよりを戻そうと考えているのだ。

「それはちがうぜ」

馬医者は、言下に否定する。

「仁平次みてえな不器用な野郎に、そんな芸当はできねえ」

「できそうにないから、望みがあるんじゃないか」

熱くなる京次のことばに、おふくはこっくりうなずいた。

「わたしもそうおもうよ。勘太郎親分は、額に向こう傷のある不器用な男に望みを託したのさ。そのことを、おことちゃんも察したんだよ、きっと。だから、見世に顔をみせなくなった。うん、きっとそうだ」

馬医者は、不安げに顔をしかめる。

「おことが心配《しんぺ》えになってきた。こうなりゃ、首根っこを摑まえてでも連れてくるっきゃねえぞ」

「できやしないよ」

と、おふくが応じる。

「あの娘にその気があれば、自分からやってくるさ」

「その気ってな、何だ」

「父親を許そうって気だよ」

縁があれば、仁平次とも再会できるさと、おふくは言いきった。

「気まずいんじゃねえのか。でえち、仁平次はおことをどうやって口説く。やくざなおとっつぁんがよりを戻したがっているから、いっしょに来てくれとでも言うのか」

「さあね、どうするんだか。わたしにだって、わかるはずないさ」

心の底から望んでも、世の中にできないことはいくらでもある。

仁平次とおことがひなた屋で再会する日など、三九には永遠に訪れないような気がした。


燕《つばめ》は紫陽花が盛りを過ぎて朽《く》ちていくのをみつけ、渡りの時季が近づいたのを知るという。

鬱陶しい梅雨は終わり、花火見物の涼み舟が大川《おおかわ》を埋めつくすようになったころ、ひなた屋に小さな奇蹟が起こった。

「こんばんは」

おことが信楽《しがらき》焼の一升徳利を抱え、久しぶりに元気そうな顔をみせたのだ。

「女将さん、これにお酒を入れてちょうだいな」

「おや、何だか嬉しそうね。良いことでもあったの」

「ふふ、甚斎のやつが馬に蹴られたんだよ」

「え」

「でも、大丈夫。死んじゃいないから」

「怪我をしたんだろう」

「利き腕を折ったよ」

「まあ、それじゃ不自由だろうに」

「あんまり可哀想なものだから、ご飯をつくって食べさせてあげたら、泣きながらお礼を繰りかえしてね。仕舞いにゃ真剣な顔で、嫁になってくれないかって言うのさ」

「おや」

「冗談じゃない。袖にしてやったら、赤ん坊みたいに駄々をこねてね。自棄酒を買ってこいって」

「ふうん。それで、一升徳利を担いできたのかい」

「そうだよ。酒屋じゃなしに、ひなた屋で貰ってこいって我儘《わまま》を言うのさ。どうしてって聞いたら、美味い肴をつけてくれるからだって」

「ふふ、承知したよ。穴子《あなご》が旬だから、蒸し焼きにしてあげる。でも、急ぐことはないんだろう。そこに座って一杯やっておいきよ」

「それもそうだね。久しぶりだし」

おことは素直にうなずき、端っこの明樽に尻を落とす。

と、そこへ、紋蔵と京次がはかったようにやってきた。

「へへ、姐さん、聞いたかい。馬医者が馬に蹴られたんだと。これほど情けないはなしもないだろう」

京次は途中で笑いを止め、あっと声を漏らす。

床几の片隅に、おことをみつけたのだ。

「何さ。幽霊でもみるような顔して」

おことは口を尖らせた。

京次は頭を掻く。

「そうじゃねえが、ずいぶんとご無沙汰だったな」

「ちょいと、江戸を離れていたんでね」

「どこへ行ってた」

「板橋だよ」

「板橋」

「知りあいの辻占に誘われてね。あっちの宿場で見世を張ったら、けっこうな稼ぎになったのさ。あんまり居心地がいいものだから、つい長居しちまった」

「それがまた、何で戻ってきやがった」

紋蔵に鋭く突っこまれ、おことは口を尖らす。

「おや、霜枯れの親分さん。戻ってきちゃいけないんですか」

「いいや、そうじゃねえ。おめえにゃ、戻らなきゃならねえ理由がある」

「え、どういうこと」

重い沈黙が流れ、おふくがぎこちなく笑った。

「親分たら、何わけのわからないこと言ってんだろうね」

紋蔵はにっと笑い、片目を瞑《つむ》る。

「おふくよ、ひとつ上等な酒を頼むぜ。へへ、今宵はな、ちょいといい話を持ってきてやったんだ」

「あら、めずらしい」

おふくは燗のついた酒を袂で包み、紋蔵の盃に注いでやる。

紋蔵は美味そうに盃を干し、二杯目を注いでくれと促した。

「勘太郎のやつがな、伝介店の店だてをあきらめたのよ」

「え、ほんとうかい」

「ああ。おれだって驚いたさ。荒っぽい手管《てくだ》で知られた勘太郎が折れたんだからな」

「どうして、勘太郎親分は店だてをあきらめたの」

おふくはみなの気持ちを代弁し、ゆったり構えた紋蔵を急《せ》かす。

「仁平次だよ」

「え、仁平次さんがどうしたっていうのさ」

「伝介店に菜売りの母娘が住んでいてな、一日の食い扶持《ぶち》にも困っているようなありさまだから、店だてされたら野垂れ死ぬしかねえ。なにせ、母親は胸を患って働きに出られず、十の娘が母親の代わりに町じゅうを歩きまわり、菜売りで稼いでいるんだ。そいつをな、因業《いんごう》な大家が強面連中の手を借りて追いだそうとした。ところが、そのときだった。店だての先頭に立たなきゃならねえはずの仁平次が、大家の顔を拳骨で撲《なぐ》っちまったのさ」

「おやおや」

おふくは目を丸くし、さきを促す。

「事の顚末《てんまつ》を聞き、勘太郎はかんかんに怒った。可哀想な母娘なんざ、掃いて捨てるほどいる。いちいち情けをかけていたんじゃ、店だてなんぞできっこねえ。安っぽい情けをかけて店だてをあきらめたら、お上にも顔向けできねえし、なによりも、顔を売るのが商売の勘太郎の沽券《こけん》にも関わる。許せねえと息巻いてなあ、仁平次を刺しかねねえ勢いだったらしいぜ」

「そいつがどうして、矛《ほこ》をおさめちまったんだい」

「こっからさきは、おれの憶測だがな、仁平次は店だてをあきらめさせるための交換条件を出したんじゃねえかとおもう」

「何だい、その交換条件て」

「きまってんだろう。五六三の首さ」

「えっ、まさか」

「五六三は五年前、勘太郎を殺《や》ろうとした。証拠《あかし》はねえが、刺客の浪人を雇ったのは五六三以外にゃ考えられねえ。恨みにおもった勘太郎は、あわよくば寝首を掻いてやろうと狙っているはずだ」

「だからって、島帰りの仁平次さんにやらせるってのかい」

「たしかにな、五六三を殺めれば、仁平次はこんどこそ打ち首だ。でもよ、二十年来の仇敵をこの世から消すこと以外に、勘太郎を納得させる理由はおもいつかねえのさ」

見世のなかに重い沈黙が流れた。

店だてが避けられたのは喜ばしいものの、紋蔵の言うとおりなら、貧乏籤《くじ》を引かされた仁平次があまりにも可哀想だ。

おことなどは俯《うつむ》いて、顔もあげられない。

と、そこへ。

表口から、涼しげな風が迷いこんできた。

みなが一斉に眼差しを向けると、大きな男が立っている。

仁平次だ。

「あっ」

と言ったきり、おふくは固まり、みなは呆気《あっけ》に取られた。

おことも蒼白《あおじろ》い顔を持ちあげ、口をぽかんと開けている。

仁平次は素知らぬ顔で明樽に座り、くいっと顎を突きだした。

眼差しのさきには壁があり、大首絵の描かれた団扇が飾ってある。

しばらく団扇の絵をみつめ、仁平次はおふくのほうに恐い顔を向けた。

「ひっ」

おふくも、みなも身構える。

眉間の向こう傷が、芋虫のようにひくついた。

「やっこ」

仁平次はいつもと変わらぬ調子で、ぶっきらぼうに言いはなつ。

おふくは安堵《あんど》の溜息を吐き、ほかのみなも肩の力を抜いた。

紋蔵が身を乗りだしてくる。

「仁平次さんよ、おめえさんに聞きてえことがあるんだが、ちょいといいかい」

「ん、何だ」

「伝介店のことだ。おめえさん、可哀想な菜売りの母娘に同情して、勘太郎に店だてをあきらめさせたんだってなあ。そいつをよ、勘太郎がよく許したもんだって、そうおもってな。何か、格別な理由でもあんのか」

「理由って」

「たとえば、五六三の命と引換えに納得させたとか」

「とっつぁん、余計な勘ぐりはやめときな」

「ほう。ちがうってのか。だったら、勘太郎が店だてをあきらめた理由、おめえの口からきっちり教えてもらおうじゃねえか」

紋蔵は十手持ちの矜持《きょうじ》を懸け、ひと息に喋りきる。

仁平次はむっつり黙りこみ、おもむろに口を開いた。

「おれは勘太郎親分に命じられて、店だてをやめただけさ」

「何だって」

「親分は、病気の母親を気遣いながら行商をつづける娘のことを知った。娘の歳が十だとわかった途端、店だてをあきらめると言ったのさ」

「嘘だろう。勘太郎は血も涙もねえ野郎だぜ。そんなはなしが信じられるか」

「信じるかどうかは、あんたの好きにすればいい。勘太郎親分には、目に入れても痛くねえ娘さんがいるそうだ。娘さんはそのむかし、半端者《はんぱもん》とつきあって子を孕《はら》んだ。その子を産ませてやっていれば、今ごろ孫は十になっていた。意地を張らずに産ませてやっていれば、娘も孫も失うことはなかったのに。毎日毎晩、そのことだけを悔やみながら生きている。母親に尽くす健気《けなげ》な娘のはなしを聞いて、親分ははっとした。菜売りの母娘を不幸にしちゃいけねえ。こいつはひょっとしたら、神仏のお告げじゃねえかとおもったらしい」

奇蹟のようなはなしだが、仁平次のことばを疑おうとする者はいなかった。

おことは俯き、声も出さずに泣いている。

紋蔵は腕を伸ばし、仁平次に酌をした。

「すまねえが、もうひとつだけ、聞かせてくんねえか」

「何だ」

「おめえさん、どうして、この見世に」

「親分に教わったのさ。やっこの美味《うめ》え見世があるってな」

「勘太郎がこの見世を」

「ああ、そうだよ」

「ふうん、勘太郎がな」

一度も顔を出したことのない男の口から『ひなた屋』の名が漏れた。

理由はおのずとわかる。

父は娘の消息を調べ、この見世を知ったのだ。

仁平次に何かを期待したかどうかはわからない。いずれは、娘のことを打ちあけようとおもったのかもしれないが、それはこちらが勝手に邪推しているだけのはなしだ。

仁平次は紋蔵に注がれた酒を呷り、おふくのほうへ向きなおる。

「女将さん、やっこはまだかい」

「ごめんよ。肝心なことを忘れちまってたね」

おふくは洟水を啜り、白地に藍色の鯉が描かれた平皿を取りだす。

「はい、お待ちどおさま」

不恰好な豆腐を載せた平皿が、とんと床几に置かれた。

仁平次は端っこを箸で掬って口に抛り、にんまりと笑う。

はじめてみせた赤ん坊のような笑い顔だ。

やはり、無骨な男には、江戸の木綿豆腐が似合っている。

目と目が合ったおことはどぎまぎしてしまい、袖で涙を拭いて、ぎこちなく笑いかえすしかない。

「あ、てんてっとん、てとすととん。ちょんきなちょんきな、ちょんちょんきなきな……」

おふくが妙な節まわしで口三味線を奏で、得意の手踊りをやりはじめた。ほっそりした白い手を交互に突きだし、小首をかしげながら、指先で誘うようにゆるゆると泳がせる。

芳町の吹きだまりに、島帰りの仁平次はやってきた。

小さな奇蹟をはこんでくれたのだと、三九はおもった。

もちろん、絶縁している父と娘が仲直りしたわけではないし、辻占の淡い恋情が危うい男の心を動かしたわけでもない。

だが、ときはたっぷりある。

ふたりの行く末を占いつつ、ゆっくり待ってみるのも一興だろう。

――ぼん、ぼん、ぼん。

江戸の夜空には、大輪の花が咲いている。

「夏だね」

おふくは団扇を揺らしながら、満足そうにつぶやいた。

赤鰯《あかいわし》

送り梅雨のひときわ強い雨があがると、江戸に夏がやってくる。

水涸《みずが》れの水無月《みなづき》、お遍路《へんろ》装束のひとびとがめざすのは、駒込《こまごめ》や高田馬場《たかだのばば》にある岩富士《いわふじ》だ。登ればご利益《りやく》があるという岩山のいただきに立ち、朝陽を浴びて瓦を赤銅色《しゃくどう》に煌《きら》めかせた千代田《ちよだ》城の肩越しに、遠く聳《そび》える本物の霊峰富士に手を合わせる。

信心深くもなければ世を儚《はかな》んでもいないが、いつかは富士山に登ってみたいと、井之蛙亭三九はおもった。

「ところてんやあ、かんてんやあ」

夏の物売りの筆頭は何かと聞かれたら、心太《ところてん》売りとこたえる者は多かろう。あるいは、枇杷葉湯《びわようとう》売りや金魚売りや定斎売りとこたえる者もあるだろう。

夕暮れになれば露地裏から、新内節《しんないぶし》や常磐津《ときわず》節を掻きならす流しの三味線なんぞも聞こえてこようし、川のそばまで足をはこべば、花火の爆《は》ぜる音に驚かされもしよう。

日没前のわずかなとき、魔物に出会《でくわ》すこともある。

この世とあの世のあわいをさまよい、とりわけ、橋のそばや四つ辻の暗がりには気をつけなければならない。うっかりすると蒼白い刃にのどを裂かれ、魔物の餌食《えじき》にされるやもしれぬからと、亡くなった祖母は教えてくれた。

魔物の正体をみきわめ、物《もの》の怪噺《けばなし》のひとつも書いてみたい。

三九はそんなことを考えながら、蔭間の巣くう芳町までやってきた。

夜風や闇の深さが恋しくなるのは、一日じゅう焦げつくような陽射しにあてられていたせいだ。

袋小路のどんつきをみやれば、鬼火のような赤提灯が揺れながら誘っている。

黒板塀に囲まれた見世へ近づき、遠慮がちに縄暖簾を振りわけると、女将のおふくがえくぼをつくって出迎えてくれた。

「おいでなさい、物書きさん」

板場を鉤の手に囲んだ床几から、檜の匂いがする。

さらに、その奥の柱からは、馥郁《ふくいく》とした香りが漂ってきた。

竹筒に白い柚子《ゆず》の花が挿してある。

「棘《とげ》があるから触れないようにね」

三九はおふくと対面できる明樽のひとつに座り、さらに別の香りを嗅ぎながら口に唾をためる。

「紫蘇《しそ》か」

客はまだおらず、床几の隅から肥えた三毛猫がみつめていた。

「なあご」

「うふふ、のらもお出迎えかい」

おふくはこちらに背を向け、酒の仕度をはじめた。

貝髷に高く結った黒髪には、ぐさりと鼈甲の櫛を挿している。

纏《まと》った単衣《ひとえ》は淡い色の地に分銅繋《つな》ぎ、随所に鳳凰《ほうおう》の丸紋を散らした代物で、鬱《う》金《こん》地に黒い芭蕉《ばしょう》模様の帯を締めていた。

目にも涼しげな後ろすがたで、凛《りん》とした風情を感じさせる。

さすが、一膳飯屋の美人番付にも載ったひなた屋の女将だ。

とんと出された口取りには、白瓜《しろうり》の塩揉みに紫蘇の葉を刻んで酢で和えたものが盛ってあった。油で炒めた味噌を紫蘇の葉に包んだ味噌田楽もある。

「さ、どうぞ」

剣菱を冷やで注いでもらい、すっとのどに流しこむ。

酸《す》っぱい白瓜を叡ったところへ、ふた品目がそっと出された。

「ほう、鮑《あわび》か」

「水貝《みずがい》でござんすよ」

肉の表面が青黒い鮑を塩でしめ、賽の目に切ったものを海水で冷やす。冷やすためには貴重な氷をぶっかいて海水に入れねばならず、見掛けよりも手間と費用が掛かっている。

もちろん、おふくは恩着せがましい態度など、おくびにも出さない。

惜しげもなく、客に美味いものを振るまい、上等な酒を注いでくれる。

だから、客は夏の虫のように集まってくる。

そろそろ、常連が顔をみせる頃合いだ。

案の定、辻占のおことがやってきた。

歳は二十五と聞いている。不幸を背負ったふうにみえるのは、小悪党に騙されて子を堕ろした過去があるからだ。

ついせんだって、父親が古着のどろぼう市を仕切る地廻りの親分と判明し、常連たちも仰《の》けぞるほど驚いたが、喉元過ぎれば何とやらで、娘が愛想を尽かした父親のことを話題にする者もいなくなった。

「女将さん、冷やでね」

「あいよ」

おことはいつも隅の明樽に座り、客の顔相をやりながら酒を嘗めつづける。

口数の少ないところは、三九といっしょだ。

隅っこが好きな者同士、黙っていても何となくわかりあえるものがある。

ふたりとも、あまりに影が薄いので、この世の居場所を求めずにはいられない。

どうせなら、居心地のよい場所をと、あちこち探すうちに、ようやくここへたどりついたのだ。

三九やおことにかぎらない。

ひなた屋にやってくるのは、淋しがり屋や甘えたがり屋ばかりだった。

四半刻《しはんとき》（三十分）ほど経ったころ、馬医者の桂甚斎が見知らぬ浪人を連れてあらわれた。

「こちらは稲垣《いながき》卯《う》十郎《じゅうろう》さん。薬研堀《やげんぼり》でいっしょになってな」

手に継ぎ竿を提《さ》げているところから推すと、釣り場で知りあった仲らしい。

「釣果《ちょうか》は」

「ねえよ。狙いは鯔《ぼら》だったがな」

「鯔の解禁は望月《もちづき》でしょう」

おふくにたしなめられ、川獺顔の甚斎はへらついてみせる。

「ぬへへ、解禁なんぞ待っちゃいられねえ。それが太公望《たいこうぼう》というものさ。でもな、こうまで蒸し暑いと、魚も餌に寄りつかねえ。釣れるのはせいぜい、柳のそばの幽霊か、歯抜け鼻欠けの夜鷹《よたか》くれえのもんでな」

誰も笑わないので、馬医者は舌打ちをするしかない。

「そちらの旦那も、鯔釣りですか」

おふくが水を向けると、稲垣は首を横に振る。

「いいや、こいつだ」

と、無愛想に応じ、曲がっていない釣り針をみせてくれる。

「ふうん、妙な釣り針ねえ。何だか、畳針みたい」

甚斎が横から口を挟む。

「地獄針と言ってな、鰻《うなぎ》の穴釣りに使うものさ」

鰻が餌を一気に呑みこむ習性を利用し、針を心ノ臓まで届かせて釣りあげる。

それが、地獄針を使った手口なのだという。

「おお、恐っ。狙われた鰻はたまったもんじゃないね」

「釣れなければ意味はない」

「そりゃまあ、そうでしょうけど。とりあえず、お座りくださいな」

おふくに誘われ、稲垣は明樽に尻をおろした。

それにしても、みるからに、うらぶれた男だ。

歳は四十前後だが、月代《さかやき》と無精髭《ぶしょうひげ》は伸び放題で頬は痩《こ》け、鈍茶《にびちゃ》の着物はよれよれで垢じみている。

胸のあたりに白くかたどられた紋は、鬼蔦《おにつた》の葉であろうか。

腰帯に一本刀を差しているが、剣の遣い手とはおもえない。

おおかた、本身《ほんみ》は赤鰯《あかいわし》のごとく錆《さ》びついていることだろう。

——紋は鬼蔦痩せ鴉《がらす》、腰に帯びるは赤鰯。

三九は酒を嘗めながら、胸の裡《うち》につぶやいた。

「お燗をつけましょうか、それとも冷やで」

おふくに聞かれ、稲垣は首を横に振った。

「お心遣い、かたじけない。されど拙者、酒を断っておりましてな」

「えっ、いつから」

「かれこれ、五年になります」

稲垣は遠い目をし、ふっと淋しげに微笑んだ。

拠所ない事情でもあるのだろう。

「まあ、いいじゃねえか」

甚斎が助け船を出した。

おふくも詮索はしない。

揉み瓜と水貝につづいて、とろろ飯と鱸《すずき》の塩焼きが出された。

「おっと、豪勢だな」

甚斎ならずとも、口のなかに生唾がじゅわっと滲みでてくる。

「あしらいに添えたのは青山椒。ご覧のとおり、まだ熟さない青い実でね、辛みはないから平気ですよ」

「いただきます」

稲垣は祈るように俯き、箸を取るや、口をはふはふさせながら飯をかっこんだ。

「おやまあ、飢餓海峡からお越しだよ」

「がはは、おふくよ、言い得て妙なり」

馬医者は楽しげだ。

稲垣は腹がくちくなると床几に銭を置き、そそくさと帰り仕度をはじめる。

「あら、もうお帰りで」

「馳走になった。これにて失礼いたす」

「旦那、お住まいだけでもお聞かせくださいな」

「杉《すぎ》ノ森《もり》稲荷の裏にある貧乏長屋だ」

「あら、お近くですね。こんどは、船頭役の馬医者さん抜きでいらしてね」

「え、よいのか」

「遠慮がないのが、ひなた屋の客ってね」

「かたじけない」

稲垣は深々と頭《こうべ》を垂れ、甚斎にも一礼してから出ていってしまう。

「あのひと、死相が浮かんでいるよ」

ぽつんと、辻占のおことが吐きすてた。

――ぼん、ぼん、ぼん。

遠くで花火が爆《は》ぜている。

翌夕、まだ早い時刻のせいか、見世にはおふくと三九しかいない。

床几の隅には金魚鉢が置かれ、二匹の金魚が仲良く泳いでいた。

「ねえ、物書きさん。辻斬りの噂、お聞きになったかい」

「えっ」

「やっぱり、ご存じないようだね。さっき、霜枯れの紋蔵親分がいらしてね、薬研堀のほうで釣り人が刺されたらしいんだよ」

管槍《くだやり》か何かの長い得物《えもの》で、正面から口を串刺しにされていたらしい。

「ひどい手口だな、そいつは」

「まったくだよ」

薬研堀というのが気になった。

「物書きさんもかい。甚斎先生がお連れになったご浪人のこと、何やら頭に浮かんじまってね。もちろん、人殺しにはみえなかったけど」

ひとは見掛けによらぬともいうし、気にならないと言えば嘘になる。

「だから、口に出しちまったんだけど、ここだけのはなしにしといてね」

三九がうなずいたところへ、たたたと跫音《あしおと》が近づいてきた。髪を乱した娘がひとり、必死の形相《ぎょうそう》で駆けこんでくる。

「どうか、どうか、お助けください」

娘は土間に俯《うつぶ》し、両手をついて助けを請うた。

さすがのおふくも面食らい、疳《かん》高い声を出す。

「いったい、何のおつもりだい。ここは一膳飯屋だよ」

娘はつっと顔をあげ、涙目で訴えた。

「ひなた屋の女将さんでしょう」

「そ、そうだけど」

「瘡《かさ》で亡くなった姐さんに聞いてきました。日本橋の芳町に、ひなた屋っていう駆込寺がある。そこには、おふくさんっていう観音菩薩のようなおひとがおられるから、いざというときは頼りなさいって」

「ひょっとして、あんた、足抜《あしぬき》かい」

察しのよいおふくに問われ、娘はこっくりうなずいた。

「おみやと申します。湯島の岡場所から逃げてまいりました」

「神田川を越えてきたんだね」

「はい」

履き物も履かず、裸足で逃げてきたのだ。

皹《ひび》割れた踵《かかと》には、黒土がこびりついている。

おふくは自分とお揃いの鼠《ねず》地に白い三枡格子《みますごうし》の浴衣《ゆかた》を手にして近づき、娘の肩に掛けてやった。

「さ、何があったか、教えておくれな」

問われて娘は、堰《せき》を切ったように喋りだす。

「お客が取れないと、抱え主の安《やす》が容赦なくお腹を蹴るんです。商売道具の顔だけは傷つけないって。売られてきて半月余りは我慢いたしました。でも、近頃は、腿《もも》の裏や指の股を線香で焼くんです」

痛みと屈辱に耐えきれず、気づいてみれば裸足に紅襦袢《じゆばん》一枚で夜の町を駆けていたという。

「追っ手は、ここを知っているの」

「たぶん、知りません」

「それって、知っているかもしれないってこと」

「ひなた屋のこと、売られてきたばかりの娘に教えてあげました」

「おやおや、それなら、今ごろばれているよ。仕方ないねえ。とりあえず、奥の部屋で匿《かくま》ってあげるから」

「……あ、ありがとうございます」

三九は駆けより、泣きくずれる娘を抱きおこしてやった。

「おまえさん、おいくつだい」

「十五です」

「生まれは」

「越後」

と聞き、三九は唇を噛みしめる。

同郷の寒村から売られてきた娘の不幸が、わがことのように感じられたのだ。

おふくが、優しく手招きした。

「さあ、こっちへおいで。何か精のつくものをこさえてあげるから」

おふくは山芋の皮を剝いて擂《す》りおろし、たっぷりの出汁《だし》と混ぜて醬油を掛け、とろろ飯をつくってやった。

これを泣きながらずるずる啜り、哀れな娘は奥の部屋へ消えていく。

それから半刻《はんとき》（一時間）も経たないうちに、追っ手らしき強面の連中があらわれた。

おふくに目配せされ、三九は平気な顔を装う。

心ノ臓は、飛びださんばかりになっていた。

「ふうん、ここが噂のひなた屋かい」

強面の連中は三人、鼻に小豆大《あずき》の黒子《ほくろ》がある細身の男が兄貴格らしい。

「おめえが、おふくか」

「ええ、そうですけど。おまえさんたちは、どちらから」

「湯島の女郎屋さ。でもな、ただの女郎屋じゃねえぜ。五六三親分の息が掛かったところでな。おいらたちは、泣く子も黙る五六三一家の者なのさ」

「五六三親分っていえば、富沢町の勘太郎親分と張りあっているおひとかい」

「そうよ。わかってんじゃねえか」

「阿漕な手管で知られる地廻りだってねえ」

「あんだと。この見世は何か、勘太郎と関わりでもあんのか」

ないと言えば、嘘になる。

勘太郎こそが、辻占のおことの父親だった。

可哀想な母娘の事情に涙し、店だてをあきらめた人物でもある。それにくらべて、五六三は血も涙もないと評判の男で、強請り、たかり、騙りと、悪いことなら何でもやってのけるという。

「女将よ、勘太郎のところに、向こう傷の仁平次がいやがるだろう。あの野郎がこの見世に通ってんのは、先刻承知之助なんだぜ。おれはな、若い衆の束ねを任されている安ってもんだ」

おみやの口から漏れた名だ。

娘たちにむごい仕打ちをする張本人だとわかり、三九の腹にぐっと怒りが込みあげてくる。

「おいおいそれの安といえば、知らねえ者はいねえ。島帰《げ》えりの仁平次と張りあうことができんのは、このおれさまをおいてほかにはいねえ」

安は右手の指を二本重ね、襟から剃刀《かみそり》を取りだしてみせる。

「ふふ、おいらに下手な嘘は通用しねえぜ」

「お願いだから、物騒《ぶっそう》なものは仕舞ってくださいな」

「こっちの問いにこたえりゃ、仕舞ってやるさ」

「いったい、何が聞きたいんだい」

「おみやっていう十五の娘が駆けこんでこなかったか」

「あら、足抜ですか」

「ふん、しらばっくれる気だな」

「とんでもない。わたしの心ノ臓は、蚤《のみ》みたいに小さいんですからね。嘘を吐いたら、すぐにばれちまいますよ」

「ふふ、蚤か。そりゃいいや。五六三親分がその気になりゃ、こんな見世のひとつやふたつ、ぶっ潰すことは朝飯前なんだぜ」

「あら、そうですか」

「だからな、正直に言えってんだよ」

「お疑いなら、家捜しでも何でもしてくださいな。ただし、おみやって娘がみつからないときは、覚悟していただきますよ」

「ほう、覚悟ってのは何だ。お上にでも訴えるってのか。へへ、そいつはやめたほうがいいぜ。常日頃から、不浄役人どもにゃ、たっぷり鼻薬を利かしてあるかんな。おめえなんぞが訴えても、門前払いにされるのがおちさ」

おふくはしゅっと裾を捲《まく》り、胸のすくような啖呵を切った。

「お上なんざ、最初《はな》からあてにしちゃいないよ。わたしも、芳町に根を張るひなた屋のおふくだ。だてに三十うん年も生きちゃいない。わたしを虚仮《こけ》にしたら、足抜女郎に逃げられた腰抜け親分の噂は江戸じゅうにひろまるよ。その筋の知りあいなら、いくらでもいるんだからね」

凄まじい剣幕に気圧《けお》され、安はぐっとことばに詰まる。

「ちっ、威勢の良い年増だぜ。まあいいや。今日のところは見逃してやる。ただしな、おみやが駆けこんできたら、まっさきに報せるんだぜ。匿ったりしたら、ただじゃおかねえかんな」

捨て台詞を残し、安たちは去っていった。

三九は惚れ惚れしながら、おふくをみつめている。

まるで、本物の観音像のように後光が射していた。

「なあご」

明樽に座ったのらも、自慢げに鳴いてみせた。

三日経ったが、五六三の手下どもはすがたをみせない。

不気味な沈黙を保っているようで、落ちつかない気分だ。

おみやは奥の部屋から一歩も出ていないものの、同じ年恰好の娘たちに助けられ、すっかり元気を取りもどしていた。

「来なきゃ来ないで、気味が悪いよ」

事情を聞いた蔭間の京次が、大きなからだを震わせる。

「けっ、おめえにも恐えもんがあんのけ」

馬医者の甚斎が、隣で憎まれ口を叩く。

そこへ、岡っ引きの紋蔵がひょっこり顔を出した。

「しみったれていやがるな。おふく、今宵の肴は何だ」

「新場《しんば》の鯵《あじ》で、沖膾《おきなます》」

「そいつはいいや。剣菱を冷やでたのまあ」

「あいよ」

紋蔵はおふくに冷たいおしぼりを貰い、埃《ほこり》と汗にまみれた顔や首筋を拭う。

おしぼりは真っ黒になり、まわりの連中は顔をしかめた。

「ふう、生きけえったぜ。風がそよとも吹かねえ夜は、帰《け》えり道にゃ気をつけろ。酔っぱらいの田楽刺しが、道端に転がっているかもしれねえからな」

京次が糾す。

「何だいそりゃ、お得意の物《もの》の怪《け》噺《ばなし》かい」

「いいや。ついさっき、そこのあやめ河岸であったはなしさ。千鳥足の商人が口を串刺しにされたのよ」

「またか。くそっ、冗談じゃねえ。気色悪いはなしを、さらっと言いやがって」

馬医者だけが食いつき、ほかの連中はことばも出せない。

おふくは肴をつくる手を止め、手酌で冷や酒を呷ってしまう。

「おいおい、客に出すぶんを呑むんじゃねえぞ」

「これが呑まずにいられますかってんだ」

おふくの纏《まと》う着物は深川鼠地に白い小格子、幅広の帯は紫の雷雲が浮かぶ黒地帯で、襟からは紅の中着がちらりとみえている。

小粋で艶な女将の立ちすがたに、客たちは見惚れてしまう。

「いけねえ、いけねえ」

紋蔵が首を振り、つづきを喋りだす。

「あやめ河岸ってのが洒落《しゃれ》てんじゃねえか。辻斬りの好みそうな名だぜ」

「戯《ざ》れているときかい」

「まったくな。この三月で五人だ」

「えっ、五人も」

おふくたちは声を揃え、紋蔵だけが溜息を吐いた。

「田楽刺しを数えてみたら、そうなったのよ」

「下手人は、同じやつなのかい」

「そいつは、まだわからねえ。ただ、手口は同じだし、仏さんはいずれも財布を取られていなかった。物盗りの仕業《しわざ》じゃねえってことだ」

「えっ、じゃ何で人殺しを」

「わからねえ。得物の様斬《ためし》りかもしれねえし、人殺しが三度の飯より好きな物狂いの仕業かもしれねえ」

京次が首を差しだす。

「霜枯れのとっつぁんよ、余裕ぶっこいてて、いいのかい。ひなた屋で油を売っているあいだにも、人殺しはこの界隈で獲物を探しまわっているかもだよ」

「おうよ。釣り竿を担いでな」

「釣り竿って」

「殺られた仏のそばから、釣り針がみつかった。曲がってねえ釣り針だ」

間髪を容れず、おふくが糾す。

「ひょっとして、それって鰻に使う地獄針かい」

「そのとおり。何で、おふくが知ってんだ」

馬医者の甚斎が、ぺしゃっと膝を打った。

「おもいだした。稲垣さんが使っていたやつだ」

紋蔵の眸子が光った。

「稲垣卯十郎の素姓なら、ちょいと調べてみたぜ」

「え、どうして」

「怪しいとおもったからさ。馬医者が連れてきたあとも、何度か見世に顔を出しただろう。いつも、釣り竿を担いでいたっけな。酒も呑まず、飯だけ食っていなくなる。妙な野郎だとおもっていたのさ。へへ、素姓を聞きてえなら、教えてやってもいいぜ」

おふくは無視したが、ほかの連中は食いついた。

紋蔵は声を押し殺す。

「あの旦那、備後福山藩の元藩士でな。事情《わけ》があって妻子と縁を切り、藩をおん出たらしいんだ」

「事情って、何」

京次が花色模様の袖を捲り、紋蔵の盃に酌をする。

「どうやら、仇討《あだう》ちらしいぜ」

「へえ、仇討ち」

「ところがな、ただの仇討ちじゃねえ」

陵辱《りようじよく》されて舌を噛んだ妹の仇討ちだという。

「逆縁《ぎやくえん》か」

と、馬医者が口走る。

「そのとおり。目下の者の仇討ちは、仇討ちとはみとめられねえ。つまり、逆縁てえやつだ。殺められたのが妹なら、泣き寝入りしなくちゃならねえ。そいつが侍の不文律だがな、稲垣卯十郎は身分も妻子も捨て、妹の仇を捜す道を選んだ」

「立派じゃないか」

おふくが感嘆する。

紋蔵は鼻で笑った。

「藩の連中は阿呆あつかいさ。妹とできていたんじゃねえかと、嘲笑《あざわら》う者もあった」

「ひどいはなしだね」

「仇は上役だった男でな。そいつも、五年前に藩を出奔《しゆつぽん》したらしい」

「あの旦那、五年も仇を捜しまわっているんだね」

「ああ、全国津々浦々を捜しまわり、半年前に江戸へ流れついた」

「仇って、どんなやつなんだろう」

「物知り顔の番士によれば、目玉がひとつしかねえそうだ。辱《はずかし》めを受けた妹が舌を嚙む寸前、指で突いてほじくったんだとよ」

「うえっ」

京次は吐きそうになり、おふくはぶるっと肩を震わせる。

「寒気のするはなしだねえ。それにしても、あの旦那、錆びた刀でどうやって仇を討つんだろう」

「おふくよ、抜いた本身をみたのか」

「いいえ」

「なら、何で赤鰯だってわかる」

「何となくね、刀を抜かないおひとにみえたから」

「ひとの心は闇だ。心の奥底に蛇を飼っているんだぜ。ひとを見掛けできめつけたら、痛《いて》え目に遭う」

重い沈黙が流れるなかへ、招かれざる客がやってきた。

おいそれの安に率いられた五六三の手下どもだ。

「女将、また来たぜ。ふうん、けっこう賑わってんじゃねえか」

「あら、何のご用です」

「おみやが逃げこんじゃいめえかとおもってな」

「おあいにくさま」

「ふん、そうかい」

安は紋蔵をみつけ、鼻の黒子を指で撫《な》でまわす。

「おっと、霜枯れのとっつぁんじゃねえか。あんたも常連なのかい」

「うるせえ。ここは、てめえなんぞの来るところじゃねえ」

「ご挨拶だな。こちとら用事でもなきゃ、こんな小汚ねえ見世にゃ足労《そくろう》しねえさ」

「用事が済んだら、さっさと消えちまいな」

「へへ、口の利き方に気をつけたほうがいい。たとい、十手持ちでもな、寝首を搔かれねえともかぎらねえぜ」

「ちんぴらめ、脅しても無駄だ」

「脅しじゃねえさ。うかうか夜道も歩けねえってはなしだよ。五六三一家にゃ腕っこきの用心棒がいるんだぜ」

安はへらへら笑い、後ろを振りむいた。

「先生、お願えしやす」

促され、牛のような体軀《たいく》の浪人がのっそりあらわれた。

おもわず、三九は眉をひそめる。

血の臭いを嗅いだのだ。

「こちらは、桐野兵庫《きりのひょうご》先生よ。管槍の達人だぜ。へへ、てめえなんざ、瞬きのあいだにあの世逝きよ」

誰ひとり、口を利かない。

喋った途端、管槍で突かれそうなほどの殺気をおぼえたからだ。

安は偉そうに胸を張る。

「女将、いいか、三度目はねえぞ」

「ふん、勝手におし」

「あばよ」

ようやく、破落戸《ごろつき》どもの気配が消えた。

苦虫を嚙みつぶしたような顔で、紋蔵が口をひらく。

「おめえら、みたか、あの桐野って浪人。左目が少しも動いちゃいなかったぜ」

「あれは義眼だな」

と、馬医者の甚斎も応じた。

稲垣卯十郎の仇も、片方の目を失っているという。

まさかとはおもうが、桐野が五年間捜しもとめた仇ならば、数奇な宿縁と言うしかない。

どうにも、今宵の酒は酔えそうになかった。

肴に出された酢蛸《すだこ》も、干涸らびてしまった。

——ごめいわくをおかけしました　ごおんはわすれません　みや
置き文を残し、おみやが居なくなった。
見世の常連も総出で捜しまわったが、二日経っても行方は杳《よう》として知れない。
「困ったね」
おふくもさすがに疲労の色が濃く、溜息ばかり吐いている。
それでも、みなに精をつけさせるべく、食事の仕度に余念がない。

紋蔵はぬるっとした舌触りの蓴菜《じゅんさい》を酢味噌で和えて食べ、剣菱の冷や酒で流しこむ。

「おふくよ、土鍋が湯気を吹いているぜ。いってえ何つくってんだ」

「泥鰌《どじょう》鍋ですよ」

「ほう、そいつはいい。柳川《やながわ》かい」

「いいえ。酒を呑ませて、まるのまんま、牛蒡《ごぼう》の笹掻きといっしょに、ぐつぐつ煮込んでやろうかと」

「ほへえ、やることがえげつねえな。でもよ、せせこましく背をひらいた柳川は、おれもあんまし好きじゃねえ。地獄の釜で煮られたやつのほうが、おれの舌にゃ合っているぜ」

「そういえば、五右衛門の蔭間はどうしちまったんだろう」

「湯島の岡場所まで足を運んでいるのさ。ひょっとしたら、おみやのやつ、捕まって戻されちまったかもしれねえからな」

ちょうどそこへ、京次が戻ってくる。

「噂をすれば何とやら。おや、手ぶらかい」

「そうさ。岡場所にも戻っていないね。あの娘、いったい、どこに消えちまったんだろう」

「江戸から出たってことはないかねえ」

「姐さん、それはないよ。江戸から逃れても、野垂れ死ぬのが関の山さ」

泥鰌鍋が煮えた。

小鍋仕立てにしたので、ひとりひとりの目のまえに湯気が濛々《もうもう》と舞いあがる。

「へへ、こいつはうめえや」

みなで鍋を突っついていると、稲垣卯十郎が影のようにあらわれた。

「おや、地獄針の旦那」

おふくにそう呼ばれ、稲垣は苦笑する。

「女将さん、じつは、杉ノ森稲荷の境内で震えている娘をみつけてな」

促されて後ろから顔を出したのは、すっかり窶《やつ》れきったおみやだった。

「あっ、よくぞ帰ってきてくれたね」

おふくは駆けより、おみやの肩を抱いて奥へ連れていく。

京次も不安げに、奥を覗きこんだ。

「ずいぶん弱っちまってるよ。お腹を空かしてんだね」

とろろ飯でも啜れば、すぐに元気を取りもどすだろう。

ともあれ、生きていてよかったと、三九はおもった。

おふくが戻ってきた。

「今は眠るのがいちばんの薬さ」

しばらくして、露地の空気が変わった。

強面の連中が、どやどやと押しよせてくる。

安たちだ。

隻眼《せきがん》の用心棒もいる。

「邪魔するぜ」

安は踏みこむなり、横柄《おうへい》な態度でわめいた。

「ふひゃひゃ、辻に見張りをつけておいたのさ。おみやが見世にへえったのは、わかっているんだぜ。もう、ごまかしは通用しねえ。さあ、おみやを出しな」

おふくは脅されても、いっこうに怯《ひる》まない。

紅白の市松《いちまつ》模様に夏薊《なつあざみ》の散らされた着物の裾を捲り、鉄火場を荒らす博徒のように居直ってみせる。

「嫌だと言ったら、どうするね」

「言わせねえよ。先生、出番ですぜ」

隻眼の桐野兵庫が、ぬうっと巨体を寄せた。

その正面に、ひょろ長い人影が立ちはだかる。

稲垣だ。

穏和な顔が、鬼に変わっている。

「何じゃ、おぬしは」

桐野は手にした管槍を青眼《せいがん》に構え、ぐっと腰を落とす。

稲垣は動じない。

「ひなた屋の用心棒だ。どうしてもやるというなら、外へ出よう」

「ふん、上等ではないか」

桐野にしたがい、破落戸たちも外に出る。

したがおうとする稲垣の袖を、おふくが引いた。

「ちょいと旦那、本気なんですか」

「さあ」

「さあって、どういうこと」

「無駄な殺生《せっしょう》は避けたい」

などと、うそぶき、稲垣は刀を抜こうとする。

「うぬっ」

ところが、なかなか抜けない。

どうにか鯉口《こいぐち》を切ると、本身がぞりぞり音を立てはじめた。

やはり、おもったとおりだ。

「赤鰯」

と、おふくが声をあげる。

稲垣は、頭をぽりぽりと掻いた。

「まいったな。しばらく手入れをせぬあいだに、すっかり錆びついておったわい」

それでも、いっこうに動じる様子もみせず、敷居の外へ出ていこうとする。

見世の連中は一斉に席を立ち、表へ飛びだしていった。

袋小路のまんなかで、桐野が管槍を構え、待ちかまえている。

「わしは桐野兵庫、立身《たつみ》流の免許皆伝よ」

「それはすごい。すまぬが名乗っても詮無《せんな》いので、わしは名乗らぬことにする」

稲垣は平然と応じ、ゆらりと歩をすすめた。

「勝手にいたせ。ん、おぬし、どこかでみたことがあるぞ」

「他人のそら似であろう」

「いいや、たしかに会っておる。剣術修行で諸国を経巡《へめぐ》っていたときだ。さよう、備後福山藩の御前試合に招かれたとき、おぬしとそっくりな馬廻り役の顔をみた。力量は藩内でも群を抜いておったわ。ふむ、よもや忘れまい。あのときの申しあいで、相手の寸止めが利かず、わしは左目を失ったのだからな。わしはそやつの脳天を木刀で割り、その足で逃げた。福山藩の連中は蜂の巣を突っついたような大騒ぎよ。ふふ、おぬし、おぼえておらぬのか」

「問答無用。へや……っ」

稲垣は素早く身を寄せ、刀を鞘《さや》ごと抜きはなつ。

「何の」

それよりも一瞬早く、桐野は管槍で突いてきた。

「つおっ」

稲垣はひょいと躱《かわ》し、鞘尻を撥ねあげる。

それが桐野の顎を捉えた。

「にぇっ」

管槍が、からんと地に落ちる。

桐野は倒れず、すぐさま抜刀してみせた。

「くそっ、油断したわ」

首を、こきっと鳴らす。

八相《はっそう》に高く構え、飛ぶように斬りつけてくる。

「ぬはあ……っ」

凄まじい気合いとともに、袈裟懸《けさが》けがきた。

稲垣はこれを本身入りの鞘で受け、ずりっと赤鰯を抜きはなつ。

「うしゃ……っ」

二撃目の水平斬りを弾いた瞬間、錆が砂のように散った。

「のわっ」

桐野は不意を衝《つ》かれ、半身を大きく反らす。

それでも踏んばり、下段から逆袈裟に払うや、二尺そこその赤鰯を弾きとばす。

と同時に、稲垣の手が蛇のように伸びた。

桐野の脇差を握って抜くや、猛然と振りあげる。

「ぬきょ……っ」

誰もが目を覆った。

桐野の首が飛んだと、そうおもったからだ。
首が飛ぶどころか、血飛沫《しぶき》も噴かなかった。
咄嗟の機転で峰に返された脇差が、首筋を捉えていた。
桐野兵庫は口から泡を吹き、棒のように倒れていく。
どしゃっと地に落ちるや、目玉がひとつ転がった。
誰もがみな、呆気に取られている。
赤鰯が免許皆伝を仕留めたのだ。
驚かないほうがおかしい。
「くそったれ」
ひとり、安だけが叫んだ。
襟から剃刀《かみそり》を抜き、無謀にも挑んでいく。
稲垣は鼻先まで相手を呼びこみ、無造作に脇差を薙《な》ぎあげた。
「痛っ」
安が鼻を押さえた。
小豆大の黒子だけが、きれいに殺《そ》ぎとられている。
「……ひっ、ひぇええ」

安は悲鳴をあげ、尻尾《しっぽ》を巻いて逃げていった。

稲垣は脇差を捨てた。

「お見事」

ぱちぱちと、おふくが手を叩く。

つられて、みなも拍手しはじめた。

軒を並べた蔭間茶屋からも、大勢の人影が飛びだしてくる。

白塗りの蔭間と客たちだ。

「お見事、赤鰯の用心棒」

万雷の拍手を浴び、赤鰯はしきりに照れている。

おみやが軒下に出てきて、米搗き飛蝗《ばった》のように礼を繰りかえした。

稲垣は赤鰯と黒鞘を拾い、苦労のすえに納刀し、腰帯に差す。

十手を握った紋蔵が、気を失った桐野のそばへ近づいた。

「稲垣さんよ、能ある鷹は爪を隠すっていう俚諺《りげん》は、おめえさんのためにあるようなもんだ。よかったな、本懐《ほんかい》を遂げられて」

「えっ」

「驚くことはあんめえ。こいつ、妹さんの仇なんだろう」

「いいや、別人だ」

「な、ちがうのかい。こりゃ、とんだ早とちりだったぜ」

「ぬはは、そのようだな」

稲垣が豪快に嗤《わら》うと、袋小路はどっと沸いた。

紋蔵のみならず、ほかの連中もてっきり、桐野が仇だとおもいこんでいたのだ。

「あの赤鰯、死相が消えたよ」

辻占のおことが、ぽつんとこぼしてみせた。


稲垣は明樽に座り、おふくの酌を受けた。

「五年ぶりだ」

口いっぱいに唾を溜め、白い指先から注がれる諸白をみつめている。

「さ、どうぞ」

「ん」

震える手で盃を摘み、尖らせた口を近づけていく。

表面を嘗めてにんまり笑い、あとはひと息に呷る。

「ぷふう、まいった」

心の底からしぼりだされたことばに、ほかのみなも酔い痴れた。

「さ、もう一杯」

おふくに注がれた盃に口を寄せ、こんどはちびちびやりはじめる。

桜色に上気した剣客に向かって、霜枯れの紋蔵が笑いかけた。

「そいつが至福ってやつだ。五年我慢した甲斐があったな。それにしても、偽の目玉に騙されたぜ。あの桐野って用心棒、あんたの仇じゃなかったんだなあ」

「すでに、仇は捜しあてておった」

「え、そうなのかい」

「半年前、この江戸で」

稲垣は盃を置き、訥々《とつとつ》と喋りはじめた。

「仇の草間《くさま》圭介《けいすけ》は侍を捨て、菜売りとなって日銭を稼いでおった」

髪には霜がまじり、老人のような皺顔になっていたが、稲垣にはすぐわかった。

「草間め、よもや、あの顔は忘れまい。わが妹を辱め、稲垣家に不幸をもたらした悪党の面であったわ」

みつけて即座に成敗しなかったのは、仇のことをできるだけ知っておきたいとおもったからだ。妙なはなしかもしれないが、五年も掛かってみつけた命を一瞬にして奪うのが口惜しかった。

「死ねば誰でも仏になる。自分は苦しい日々を生きながらえ、草間だけが仏になるのはあまりに理不尽ではないか。苦しんで、苦しみぬいたすえに死んでほしい。そうさせるにはどうしたらよいか、最良の方法とは何か、何日も考えあぐねているうちに、あの日が訪れた」

「あの日」

草間圭介は辻斬りに斬られ、呆気なくも逝った。

ひとの心に魔物が忍びこむ日没前の出来事であった。

仇には唐突な死が訪れ、討っ手はひとりのこされた。

「わしも死ねたら、どれだけ楽だろうに」

稲垣卯十郎は生きる意味を失い、波間に漂う流木のように江戸の町から町へ移り住むようになった。

「妹は辱めを受け、舌を嚙んで逝った」

許嫁《いいなずけ》があったという。祝言を数日後に控えていた。

ところが、稽古事の帰路、以前から岡惚れされていた草間に市中で待ち伏せされ、古寺の御堂に連れこまれた。そのとき、草間は酒を呑んでいた。酒の力を借りて、みずからの欲望を満たそうとしたのだ。

「妹の無念を、拙者はどうしても晴らしたかった。断腸のおもいで妻子を捨て、藩も故郷《くに》も捨てた。にもかかわらず、あやつは勝手に斬られて死んじまいおった」

酒でも喰《くら》わねば生きていけぬだろうに、半年経った今日まで酒を断っていた。

「呑んでも美味くない。それだけのこと。酔いたくても酔えぬ。それだけのこと。酔うたら自分を見失う。ただ、それだけのこと」

「でも、このお酒は美味しいんでしょう」

おふくはにっこり笑い、剣菱を盃にまた注いでやる。

「美味い。親分の言われたとおり、至福の酒だ」

「旦那はもう、ひとりじゃありませんよ」

「うん」

誰もが稲垣卯十郎という侍を理解していた。

おそらく、辱められたのが妹でなかったとしても、稲垣はすべてを捨てて、同じ道を選んだにちがいない。血を分けた家族は無論のこと、辱められたのが親しい友であったとしても、恩のある上役や隣人であったとしても、きっと仇を捜す旅に出ていたことだろう。

一生を棒に振ることになっても、みずからの信じた道を生きる。

そうした不器用な男の生きざまを、誰ひとりとして笑う者はいなかった。

稲垣卯十郎のひとをおもう心根の深さに、三九はただじろぎすらおぼえる。

この男に報いたい。生きるよすがをみつけてやりたいと、ひなた屋の誰もがおもっていた。

「あんた、妻子に会いたかねえのか」

紋蔵がみなのおもいを察したかのように、ぽんと本音を抛りなげる。

稲垣は少し黙りこみ、酒を嘗めながら淋しげに微笑んだ。

「そりゃ会いたい。妻と娘のことを夢にみぬ日はないさ。正直、こうしておっても、身を捩《よじ》りたくなってくる。されどな、世の中には叶《かな》わぬこともある」

稲垣は涙を浮かべ、ずりっと洟水を啜る。

「拙者は、自分の意志を貫くために、だいじなものを捨てた。捨てられた者の悲しみや虚しさはいかばかりか。それをおもうと、いっそ死にたくなる。無論、未練がないはずはない。されど、この期《ご》に及んで、名乗りでる勇気はない」

なるほど、ここからさきは、他人が踏みこむ領域ではないのかもしれない。

それでも、何とかしてやりたいと、三九はおもった。

おふくが、とんと床几に小鉢を置いた。

青菜のお浸しのようだ。

「それは藪萱草《やぶかんぞう》の若葉。茹《ゆ》でて酢味噌で和えました。旬の甘さが味わえますよ」

「いただこう」

稲垣は箸で菜を摘み、口に入れて咀嚼《そしやく》する。

「なるほど、甘い」

「もうすぐ、百合《ゆり》に似た橙《だいだい》色の花を咲かせます。その花を天ぷらにしても美味しいんですよ。萱草は別の名を忘れ草と言いましてね、唐土《もろこし》の言いつたえによると、食せばたちまちに憂いを忘れてしまうそうです。今宵の肴に似つかわしいでしょう」

三九は片隅の明樽で静かに盃をかたむけながら、おふくの心遣いに感謝した。

——ひゃっこいよ、くみたてだよ。道明寺《どうみようじ》さとう水だよ。

一杯四文の冷水を売る売り声が、芳町の露地に響いている。

おみやをめぐる騒動から、十日余りが経った。

水無月は祭の季節でもある。牛頭天王《ごずてんのう》の神輿《みこし》を担ぐ品川《しながわ》の天王《てんのう》祭を皮切りに、赤坂氷川《あかさかひかわ》神社の祭礼に佃島住吉《つくだじますみよし》神社の祭礼、さらには神田明神《かんだみょうじん》の天王祭で祭は頂点に達し、祭のあとの静けさもそこそこに、江戸は丸ごと灼熱《しゃくねつ》の大釜に抛りこまれたようになる。

暑い。

辻陰に佇む西瓜《すいか》の断売《たちう》りに足を止め、西瓜にむしゃぶりつきたくなる。渇きを抑えるために葛水《くずみず》を求めてさまよい、大橋《おおはし》のたもとから川に飛びこもうとして踏みとどまった。

三伏《さんぷく》の暑さは極まった観もあるなか、季節は夏の土用《どよう》を迎えている。

紋蔵が朗報をもたらしたのは、今から五日ばかりまえのことだ。

「辻斬りが捕まったぜ。へへ、誰だとおもう。五六三のところの用心棒さ」

「えっ」

あやめ河岸で口を串刺しにされた商人には、提灯持ちの手代が従《つ》いていた。運良く逃げおおせた手代が、牛のような体軀《たいく》の下手人をおぼえていたのだ。それが桐野兵庫であった。

さっそく、定町廻りが捕まえて責め苦を与えたところ、五件の殺しはすべて自分がやったと白状した。

「お手柄だね。でも、何で人斬りなんぞやったんだろう」

首をかしげるおふくに問われ、熟練の岡っ引きは噛んで含めるように説く。

「暗くなると、血の臭いを嗅ぎたくなるそうだ。地獄針を呑んで暴れる鰻を眺めているのが、三度の飯より好きらしくてな。穴釣りのついでに、夜釣りにやってきた連中を狙っていたらしい。だから、仏のそばに地獄針が落ちていたのさ」

管槍で口を串刺しにする遣り口は、なるほど、地獄針を使った穴釣りに似ている。

「桐野兵庫は、根っからの人斬りだったってわけさ」

「恐ろしいはなしだね」

――ひとの心は闇だ。心の奥底に蛇を飼っているんだぜ。

三九は紋蔵の吐いた台詞を反芻《はんすう》しながら、神田川の土手道を歩いている。

薄暮をまえに楚々《そそ》と咲いているのは、合歓《ねむ》の花であろうか。

摘みたい衝動を抑え、先を急いだ。

物狂いの用心棒を飼っていたことで、五六三の立場も危ういものとなった。手はじめに息の掛かった遊女屋はことごとくあらためられ、おいそれの安に痛めつけられていた娘たちは吉原送りとなった。五六三はしぶとく生きのびるだろうが、縄を打たれた安は八丈島送りになるだろう。

おみやはひなた屋に留まり、夏越《なごし》の祓《はらえ》が済んだら水茶屋へ奉公に出ることがきまっている。これで一件落着だが、ひなた屋の連中には解決しなければならないことがあった。

紋蔵の調べで、稲垣卯十郎の妻子が半年前から江戸の藩邸で暮らしていることがわかったのだ。

妻が再婚した相手が江戸勤番となり、上屋敷内の侍長屋に居を移したらしい。その妻に新しい主人も入れて事情を告げ、八つになった娘も連れて稲垣に会ってはくれぬかと頼んでみた。

諾《だく》か否《いな》かの返事はわからない。

なにせ、紋蔵が人伝《ひとづて》に申しいれたのは昨日のことだ。

九分九厘は来ないと踏んだので、稲垣本人には伝えていない。

おふくのほうで「たまには河岸を移して、涼み船で花火見物でもいたしましょう」と誘ったのだ。

妻子がやってこなければ、涼み船でどんちゃん騒ぎでもして忘れちまえばいいと、蔭間の京次や馬医者の甚斎も笑った。

今宵の宴会には、辻占のおことや足抜けしたおみやも連れていく。

だが、主役は誰が何と言おうと「赤鰯」だ。

三九の目のまえに、大川の淵が近づいた。

すでに、何艘もの船が川面を滑っている。

桟橋のうえには、親しい連中のすがたがみえた。

「こっち、こっち。物書きさん、早く」

浅葱《あさぎ》地に手綱《たづな》染《ぞ》めの浴衣を纏ったおふくに誘われ、三九は桟橋に降りたった。

特別にあつらえた屋根船には、稲垣卯十郎の顔もみえる。

「あっ」

三九は、ごくっと唾を呑んだ。

稲垣のかたわらに、着飾った武家の母娘が座っている。

来てくれたのだ。

心太《ところてん》をつるっと啜っているのが、八つの娘だろう。

目元が、稲垣にそっくりだ。

まぎれもなく、稲垣の妻子にちがいない。

「新しいお相手がはなしのわかる旦那でね、赤鰯に一夜の夢をみさせてくれたのさ」

今宵のおふくは、いつにも増して艶やかにみえる。

「今日は土用の丑、梅干しに瓜に卯の花と、縁起を担いで『う』のつくものばかりを仕度させたよ。もちろん、鰻を忘れちゃいけない。深川産の肥えたやつさ」

背開きにして甘いたれで焼いたのにくわえて、白焼きも山椒味噌の付け焼きもある。仕上げは角切りにしたやつを炊きたてのご飯に載せ、玉露《ぎょくろ》を掛けて茶漬けにする。

「どうだい、今から楽しみだろう」

——ぼん、ぼん、ぼん。

大橋の遥か上空に、大輪の花が咲いた。

「たまやあ」

おふくが、駒鳥《こまどり》のように叫んでみせる。

「かぎやあ」

三九も、恥ずかしそうに合いの手を入れた。

のて者

芳町の露地裏に咲く金木犀《きんもくせい》が芳香をふりまいている。

菊の節句も近づくと、家々の膳は秋の彩りに満たされた。

柿、栗、茸《きのこ》、里芋に茄子《なす》、鯊《はぜ》に鯊、新生姜に新蕎麦《そば》、なかでも秋の味覚と言えば、秋刀魚《さんま》だ。七輪に金網を載せて秋刀魚を焼けば、美味そうな匂いに誘われた連中がどこからともなくあらわれる。

日本橋芳町の袋小路にあるひなた屋では、杵《きね》と臼《うす》を抱えて米を搗《つ》いてまわる搗き屋の男たちが脂の乗った秋刀魚をおかずに丼飯を掻っこんでいた。

「見事な食べっぷりだねえ。ほんと、惚れ惚れするよ」

女将のおふくは嬉しそうに笑顔を振りまき、丼飯のお代わりに応じる。

日没前のひととき、さほど広くもない見世のなかは若い衆の汗臭さと活気に包まれていた。

「物書きさんも、たんと食べなきゃだめよ」

井之蛙亭三九はおふくに叱られ、床几の隅で小さくなる。

「なあご」

肥えた三毛猫が「それみたことか」とでも言いたげな顔で鳴いた。

「のらめ」

早々と秋刀魚をたいらげ、気持ちよさそうに微睡んでいる。

「まったく、猫が羨《うらや》ましいぜ」

若い衆のひとりが溜息を吐いた。

「こちとら、朝から晩まで米搗きよ。おまんまを食わなきゃ身が保《も》たねえ。何もしねえで食える身分になりてえもんだぜ」

「まったくだ。猫にゃ、しがらみなんぞねえしな。家にゃ、うるせえ嬶《かか》ぁもいねえし、ぴいぴい泣きわめくガキもいねえ。散歩のついでに適当な相手をみつけて、よろしくやってはいさようなら。これほど羨ましい一生もねえぜ」

「あら、猫じゃなくても、そんな殿方はいくらでもいるでしょ」

おふくは燗酒の仕度をしながら、軽い調子で受けながす。

身に纏う藤紫地の着物は流水に紅葉《もみじ》を散らした竜田川《たつたがわ》、紅葉狩りを先取りした模様だ。

潰し島田の燈籠鬢《とうろうびん》には、おとき婆さんから譲りうけた斑入りの鼈甲櫛を挿している。

搗き屋の連中は飯を掻っこみ、からかい半分に色目を使った。

「女将さん、秋刀魚ばっかし焼いてねえで、掃き溜めに鶴と評判の綺麗な顔を拝ませてくれねえか」

「お兄さん方、愚痴はひとつにつき一文、軽口は四文いただきますよ」

「ちっ、食えねえ女将だぜ」

「さ、もうひと仕事がんばっておいで」

「あいよ」

力自慢の搗き屋どもは威勢良く返事をし、颯爽《さっそう》と見世から出ていった。

見送るおふくの立ちすがたは凜として、晴れた秋空のように清々《すがすが》しい。

やがて、露地裏に夕闇が訪れると、一膳飯屋は呑み屋に様変わりする。

煙が籠もるのを嫌って秋刀魚は焼かず、魚は鮪《まぐろ》のづけや鯊《はぜ》の甘露煮になり、常連たちのために枝豆や里芋や茸といった酒肴が大皿に盛られた。

最初に顔をみせたのは、川獺によく似た馬医者の甚斎だ。すぐさま、蔭間の京次が四角い顔を出し、さっそく甚斎と隣同士で皮肉の掛けあいをはじめる。少し遅れて辻占のおことがあらわれ、音無しの構えで隅に座り、ほどなくして霜枯れの紋蔵が十手で肩を叩きながらやってきた。

みな、我が家に戻ったような顔で明樽に座り、酒を呑んではくだを巻き、つまらない冗談を吐いては大口を開けて嗤《わら》う。

毎晩繰りかえされる光景だが、眺めていて飽きることはない。

心にぽっかり空いた穴を埋めるには、ひなた屋へ来るのがいちばんだ。

見慣れた顔を眺めつつ、愚痴や与太話を肴に上等な酒を呑む。

明日もちゃんと生きようと、そんな気にさせてくれるのは、何よりも慈愛の籠もったおふくの笑顔なのだと、三九はおもった。

酉《とり》の六つ半を少しまわったころ、品の良い女がふらりとあらわれた。

歳のころは五十路前後、赤紫味のある璃寛茶《りかんちゃ》の袖頭巾を脱ぐと、勝山髷《かつやま》に柘植《つげ》の櫛を挿している。

纏う着物は淡い紫地の裾に紅葉や落ち葉を散らした友禅《ゆうぜん》染め、袖には菊花の伊達《だ》紋《て》がついており、破れ網代《あじろ》に菊模様をあしらった帯をきゅっと締めていた。まさに、山の手一の呉服屋と評判の『岩城升屋《いわきます》』か、日本橋通《とおり》一丁目の『白木屋《しろき》』

あたりで見掛けるような高価な品だ。

大身旗本《たいしんはたもと》の奥方か、どこぞの大名家に縁ある者か。

いずれにしろ、ひと目で高貴な出自が察せられた。

女は堂々と胸を張り、おふくと対面する明樽に腰掛ける。

「いらっしゃいまし」

「こんばんは。お酒をひと肌でくださいな。それから、まったけの焙烙《ほうろく》焼きと土《ど》瓶《びん》蒸しを」

「え、まったけですか」

おふくが驚いて聞きかえすと、女は目尻に皺をつくって微笑み、隣に座る馬医者の皿にさりげなく目をやった。

「それはなあに」

「なあにって、しめじにきまってんだろう。むかしっから、匂いまったけ、味しめじと言ってな、東者《あずまもん》はまったけなんぞめったに食わねえ。おめえさん、上方の出かい」

「いいえ。生まれは麹町《こうじまち》、今は本郷の御屋敷に」

「なあんだ、のて者かい」

どうりで、まったけみてえに乙に構えていやがると言いかけ、甚斎はことばを呑む。

初対面なので、さすがに気を遣ったのだ。

すかさず、おふくが温燗《ぬるかん》につけた銚釐《ちろり》を摘み、女のお猪口に酌をする。

「わざわざ本郷から足をはこんでくださり、ありがとう存じます」

「御駕籠を使いましたので、何ほどのこともござりませんよ」

でも、どうしてこんな見世へいらしたのですかと尋ねたい衝動を抑え、おふくは曖昧《あいまい》な笑みを浮かべた。

女は猪口を両手で持ち、おちょぼ口を近づける。

すっと、ひと息で呑みほした。

なかなかの呑みっぷりだ。

「ふうっ、美味し」

何とも可愛げに微笑み、こんどは里芋の煮っ転がしに目を留める。

「それ、いただいてよろしいかしら」

「はい、ただいま」

隣から馬医者の手が伸び、銚釐の把手《とって》を摘みあげる。

「さ、奥さま、どうぞ」

「かたじけなく存じます」

女は素直に受け、二杯目を白いのどに流しこむ。

甚斎は嬉しそうに、三杯目も注いでやった。

「ふへへ、かたじけなく存じますだとよ。しゃっちょこばった物言いだぜ。おめえさんの袖頭巾、璃寛茶だろう。璃寛といやあ、二世嵐徳三郎《あらしとくさぶろう》、目徳《めとく》璃寛と綽名《あだな》されたぎょろ目の色立役《いろたちやく》だ。上方じゃ知らねえ者もいねえ千両役者だが、東者にゃとんと馴染みがねえ。東者の纏う茶は一に路考《ろこう》、二に梅幸《ばいこう》、三四がなくて五に團十郎《だんじゅうろう》ときまっていてな、婀娜《あだ》な姐さんから町娘まで競って贔屓《ひいき》の役者色を纏うもんだ。まったけといい、璃寛茶といい、やっぱし、あんたは上方好みにちげえねえ」

何やら、絡み酒になりそうな気配を察し、おふくが上手に割ってはいる。

「このひとは馬のお医者さんでしてね、藪のくせして余計なことはよく知っているんですよ。まあ、聞き流してくださいな」

女はくすっと笑い、出された里芋を齧る。

「まあ、美味しいお芋。わたくしね、佐紀《さき》と申します。大和《やまと》にある佐紀沢の佐紀」

　と聞いて、『万葉集《まんようしゅう》』の恋歌を思い浮かべるのは、三九くらいのものだ。

　ほかの連中は、ぽかんと口を開けている。

　おふくも、どぎまぎしながら名乗った。

「あの、わたくしは、ふくと申します」

「おふくさん、響きの好《よ》いお名だこと」

「ありがとうございます」

「軒下に置いてある菊の鉢植え、あなたがお育てになったの」

「いいえ、植木市で求めたものです。明日は菊のお祭りだから、着せ綿《わた》をしとかなくちゃとおもって」

「そうね。着せ綿はだいじね」

　重陽《ちょうよう》の節句前夜、女たちは菊の花に綿を載せておく。翌朝、露で湿った綿を取り、それで顔を拭くと、老いを拭い去ることができるという。古くからの慣習だ。

　佐紀と名乗るので、者は温燗の下り酒を一合空け、里芋をふたつ食べると、ふいに腰を浮かせた。

「今夜は前祝いなの。好いお店を教えていただいたわ」

「あの、どなたに」

「明日の晩になれば、わかるかも」

佐紀は謎めいた台詞をつぶやいて微笑み、風のように去っていく。

あとを追って外の様子を窺った京次が、驚いたような顔をする。

「辻に宝仙寺《ほうせんじ》駕籠を待たしてあるよ。まるで、奥女中だね」

「ふん、おれたちとは住む世がちがうのさ」

紋蔵の言うとおりかもしれないが、せっかく来てくれた客を仲間はずれにするのは忍びない。

おふくが怒った顔をすると、京次がお茶を濁した。

「聞いとくれ。まったけで一句浮かんだよ。惚れこんで、待った相手に首ったけ。うふふ、どうだい」

待ったと首ったけのたけで、まったけと洒落てみたらしい。

京次は下手な発句《ほっく》を詠み、みなの失笑を買う。

「あの奥方、独り寝の淋しさに耐えかねて、芳町の露地裏に迷いこんだのかもよ」

おふくは腰に手をあてて、真顔で京次をたしなめた。

「そうやって、いないおひとをからかっちゃいけないよ」

「でもな、おふく。袋小路のふきだまりと、ので者は似合わねえぜ。何で紛れこんだのか知らねえが、どうせ、二度とあらわれねえさ」

紋蔵は投げやりな調子で漏らすが、三九はそうはおもわなかった。

何かきっと良いことが起きる。明日の晩も逢えるにちがいない。

そんな予感がしていた。


重陽の節句になると、かならずやってくる男の客がいる。

歳は還暦を過ぎたくらいか。

侍でないことはたしかだが、素姓を知る者はいない。

詮索しようとする野暮も、ひなた屋にはいなかった。

その客は燗酒を二合だけ呑み、満足げに帰っていく。

この二十数年、一度も欠かさず、なぜか毎年一夜だけ、ひなた屋を訪れるのだが、今年はまだあらわれる気配もない。

おふくは粋な渋めの小袖ではなく、艶《あで》やかな友禅染めの着物を纏っていた。薄紫地の裾に女郎花《おみなえし》の咲きみだれる沢が流れ、真葛《まくず》とおもわれる原っぱのなかには糸車が描かれている。そして、沢のうえには、わずかに欠けた月があり、まるで、女郎花に愛《め》でられているかのようだった。

「これは死んだ婆ちゃんが、たいせつにしていた着物でね。重陽の節句には、かならず纏っていたんだよ」

三九以外の常連はみな、着物の由来を知っているようだった。

女手ひとつで見世を切り盛りした祖母は、名をおときという。

気っ風の良さと俠気のあることで知られ、そのころは『すみ屋』と号した一膳飯屋はたいそう繁盛していた。

岡っ引きの紋蔵が、微酔い加減で喋りだす。

「おふくよ、おとき婆さんはな、そりゃおめえのことを可愛がっていたんだぜ。母親代わりみてえなもんだったからな」

「親分、またそのはなし」

「まあ、いいじゃねえか。でえち、物書きは知らねえんだろう」

おとき婆さんのはなしなら何度か聞いていたが、三九は知らないふりをした。

「孫娘のおめえに、おふくと名を付けたのも、おとき婆さんだ。おめえのお父っつぁんは屋根葺き職人でな、雷に当たって屋根から落ちて死んじまった。おめえがまだ赤ん坊のころさ。あれほど良い婿はいなかったと、婆さんは三日三晩泣きどおしでな。それにひきかえ、おめえのおっかさんは身持ちのよくねえ女だった。役者くずれの情夫《いろ》と駆け落ちして、おめえが三つのときに消えちまったんだからな」

おふく自身も男運は悪く、孫娘を懸命に案じつづけたおとき婆も今から五年前に還らぬ人となった。

「でもよ、糠味噌の味だけは今も変わらねえ」

おとき婆が丹精込めてつくった糠床を、おふくはしっかり守っている。

「おめえが纏う着物の逸話、おれは知っているんだぜ。そいつは染め師から、おとき婆さんが直に買ったものでな。たまさか目にした寒晒《かんざら》しの布に惚れこみ、三《さん》顧《こ》の礼で売ってもらったものさ」

「婆ちゃんが布を求めたのは、もう二十五、六年もむかしのことですよ。その頑固な職人さん、恋い焦がれたお相手のために染めたのだけれど、お相手は手の届かぬところへ行ってしまい、邂逅《かいこう》できる見込みもない。この布を気に入ってくれたのなら、きっとたいせつにしていただけるにちがいない。そんな物悲しい逸話といっしょに売ってもらえたんだって、婆ちゃんはいつも嬉しそうにはなしてくれたっけ」

「おめえがその着物を纏うと、おとき婆さんがそこに立っているようだぜ」

紋蔵は、ぐしゅっと洟を啜る。

おふくは、ほっと肩の力を抜いた。

「あのひと、今年も来てくれるかねえ」

「そりゃ、来るにきまっているだろうよ。なにせ、二十数年来、欠かしたことはねえんだ」

「今年こそは、一夜だけの理由《わけ》を尋ねてみようかな」

「おう、ちゃんと聞いてみな。何で重陽の節句にだけ、こんな場末の薄汚え見世へ足を運ぶのか。たぶん、こたえちゃくれねえだろうがな。あの男の素姓を知っていたのは、おとき婆さんだけさ」

「知っていたのに、婆ちゃんは何も言ってくれなかった」

「秘密にしてえことがあったのか、口止めでもされていたのか。どっちにしろ、あの世に逝ってもう五年が経つ。そろりと、喋らせてもいいころだ」

「そうよね」

おふくと紋蔵は、何やら意味ありげな会話を交わしている。

三九は冷めた酒を嘗めながら、聞き耳を立てつづけた。


半刻ほどのち、騒々しい夫婦が飛びこんできた。

どうやら、おふくの待ち人ではないらしい。

隣町の堺町《さかいちょう》に住む紺屋職人の源助《げんすけ》と女房のおりくだ。

亭主は女癖がわるいので、いつも喧嘩ばかりしている。

喧嘩しながら居酒屋を梯子《はしご》する奇妙な夫婦で、今宵も何軒か立ち寄ってきた様子だった。

「この唐変木《とうへんぼく》め。町芸者なんぞに鼻の下を伸ばしている暇があんなら、藍甕《あいがめ》でも掻きまぜときな」

紺屋の職人は、藍を発酵させて染液にする。藍臼のなかで搗きかためた藍玉を水といっしょに深さ四尺の藍甕に入れて掻きまぜるのだが、藍は生き物なので、掻きまぜ方の塩梅《あんばい》に気を配らねばならない。

源助のような熟練の職人になると、表面の泡が弾ける音を聞いただけで藍の様子がわかってしまうという。

「おまえさんなんぞ、藍甕に頭でも突っこんで死んじまえばいいんだ。そうしてくれたら、いっそ、せいせいするよ」

「あんだと、このくそあま。もういっぺん言ってみろい」

「何度でも言ったげるよ。豆腐の角に頭ぶつけて死んじまいな」

さすがのおふくも、おりくの剣幕にはあきれ顔だ。

「おふたりさん、喧嘩するなら外でやっとくれ。ほかのお客さんの迷惑だからね」

少し遅れて顔を出した馬医者の甚斎が、よせばいいのに煽《あお》りたてた。

「夫婦喧嘩は犬も食わねえって言うじゃねえか。おふく、やらせとけ。酒の肴になるからよ」

おりくが振りむき、前歯を剝いた。

「馬医者の先生。お願いだから、さかりのついた亭主の頭をかち割って、中身を診てやってくださいな。どうせ、馬並みの脳味噌しかないんだろうけど」

源助が吼《ほ》えた。

「くそったれ、亭主を何だとおもっていやがる。おれがいつ、町芸者に懸想《けそう》したってんだ」

「しらばっくれんのかい。あんたが顔を隠して芸者の家に通ってんのをね、みた者がいるんだよ」

「誰だそいつは」

「空樽拾いの丁稚《でっち》小僧さ」

「顔もみてねえのに、何でおいらだってわかる」

「顔は隠せても、紺屋にゃ隠せないものがあるのさ」

「何だ、隠せねえものって」

「手だよ。丁稚小僧は言ったのさ。青い手のおっちゃんをみたってね」

「げっ」

源助はおもわず、藍色に染まった手を隠そうとする。

すかさず、おふくが口を挟んだ。

「一本取られたね。おりくさんの勝ちだよ。源助どんも、今夜をかぎりに浮ついた気持ちとは、おさらばするんだね。仕事に精を出さなきゃだめだよ」

「わかってらあ。てめえなんぞに言われたかねえ。くそったれ、鬼みてえな嬶《かか》ぁをもらったばっかりに、おいらは不幸のどん底だ。何せ、こいつは稼いだ銭を片っ端から使いやがる。高価な着物に櫛簪、化粧道具に甘え食いもの。仕舞いにゃ、三座の芝居見物ときたもんだ。ご贔屓役者のおっかけまでしていやがるんだぜ。そいつをよ、おいらが知らねえとでもおもってんのか。おめえが後先も考えずに銭を湯水と使うもんだから、家の米櫃《こめびつ》はすっからかんだ。育ち盛りのガキが三人もいるんだぜ。これじゃ、一所懸命に働いても浮かばれねえ。ほかの女に懸想したくもならあ」

「ふん、甲斐性《かいしょう》無しのくせに、ご託ばっかり並べやがって」

おりくは空の銚釐を手に取り、亭主に撲《なぐ》りかかろうとする。

止めようとする甚斎を蹴飛ばし、紺屋夫婦は摑みあいの喧嘩をやりはじめた。

と、そこへ、一陣の涼風が迷いこんでくる。

「あっ」

驚いたおふくの目のまえには、璃寛茶の袖頭巾をかぶった初老の女が立っていた。

「佐紀さま」

「まあ、嬉しい。おぼえててくださったの」

あいかわらず、ほんわかした物言いだ。

おふくも、えくぼをつくって微笑んだ。

「もちろんですとも」

気づいてみれば、かたわらの喧嘩は止んでいた。

紺屋夫婦はきまりわるそうに銭を払い、そそくさと居なくなる。

「たてこんでいらしたようね」

佐紀はにっこり笑い、見世のなかをみまわした。

明樽に座る客は、物書きの三九と馬医者の甚斎、それと岡っ引きの紋蔵だ。

三人とも、佐紀の優雅な仕種に見惚れている。

おふくは、済まなそうに言った。

「ごめんなさい。今夜も、まったけはないんですよ」

「お気になさらずに」

今宵の突きだしは菊膾《きくなます》、茹でた菊花を三杯酢で和えたひと品だ。

ほかには、渋柿の白和えや小茄子の漬物などがある。

忘れてはならないのが、谷中《やなか》の新生姜だった。

「味噌をつけて、そのまま齧ってくださいな」

佐紀はひと肌の燗酒を嘗め、言われたとおりに生姜を齧る。辛さに顔をしかめながらも、懐かしそうにしてみせた。

「明後日から、芝の生姜祭がはじまるでしょう」

「あ、そうですね」

芝神明社《しばしんめいしゃ》の祭は十一日もつづくので、だらだら祭とも呼ばれている。境内には近在の百姓家で収穫された生姜の市が立ち、その生姜を食べると厄除《やくよ》けになると信じられていた。

祭に訪れた娘たちは、土産にかならず「千木箱《ちぎばこ》」を求める。社殿の屋根に設《しつら》えた横木からつくった曲げ物の箱のなかに飴や豆を入れ、からから音を鳴らしながら参道を歩くのだ。千木箱の表には丹《に》や緑青《ろくしょう》で藤の花が描かれており、簞笥《たんす》に入れておけば衣装に困らないという。

「娘のころ、芝までよく行ったわ。ちょうど長雨の季節だから、裾をたくしあげ、駒下駄を泥だらけにしてね。うふふ、千木箱をからから鳴らすのが楽しくて」

佐紀は微笑みながら、おふくの纏う着物をみつめた。

「そのお着物、よくお似合いよ。江戸友禅ね」

「おわかりになりますか」

「ええ。女郎花の咲く沢に糸車なんて、江戸にしかない模様だもの。それだけの染めができる職人さんは、そうはいないわ」

「祖母のおさがりなんです」

「へえ、そうなの」

「この見世、むかしは『すみ屋』と言ったんですよ。芳町の隅っこにあるからそう名付けたって、祖母に聞きました」

「ご健在なの」

「いいえ、五年前に逝きました。それまでは毎年、重陽の節句になると、この江戸友禅を着ていました。かれこれ、二十年余りも」

「二十年余りも」

「ええ、わたしが十に満たないころからだったとおもいます」

「そう」

佐紀は感慨深げにうなずき、少しばかり涙ぐむ。

「……あの、どうして、泣いておられるのですか」

「ごめんなさい。ちょっとね、思い出したことがあったものだから」

おふくの纏った江戸友禅が、忘れ得ぬむかしの出来事と繋がったのか。

三九は聞いてみたい衝動に駆られたが、勇気を出して問うことができない。

やがて、佐紀は名残《なごり》惜しそうに去っていった。

夜更けになっても、待ち人はあらわれる気配もなかった。


おふくは、鱗《うろこ》を取った鯊に片栗粉をつけ、天盛りにできるほどの数を油で揚げた。これに白髪《しらが》葱を添え、皿の端に塩を盛れば、旬の肴になる。栗ご飯も炊いたし、新蕎麦も打った。

気のせいか秋が深まると、竜胆《りんどう》や紫《むらさき》式部《しきぶ》といった紫の花がめだつようになる。

芝神明の生姜祭がはじまって、三日目の夜だ。

長月《ながつき》十三日は後《のち》の月《つき》と呼び、中秋《ちゅうしゅう》の名月と合わせて拝むとご利益がある。

だが、今日は朝から雨つづきで、漆黒《しっこく》の夜空にわずかに欠けた月はない。

ツキに見放された紺屋職人の源助は自棄酒を啖《くら》い、床几で俯せになっている。

女房のおりくは亭主を見捨て、さきに帰ってしまった。

馬医者の甚斎と蔭間の京次が源助を介抱し、辻占のおことは関心すらしめそうとしない。床几の隅に座る三九の隣には岡っ引きの紋蔵もおり、谷中の生姜を齧りながら燗酒をちびちびやっていた。

重陽の晩、毎年来るはずの客はついに訪れなかった。

あれから四日。

誰もが、何となく不安な気持ちでいる。

「あのひと、どうしちまったんだろう」

溜息まじりにこぼすおふくは江戸友禅ではなく、栗皮《くりかわ》色の粋な絣縞《かすりじま》の小袖を纏っていた。

「来るはずのひとが来ないと、何だか落ちつかないよ」

「ああ、そうだな」

紋蔵が応じると同時に、源助が顔をがばっと持ちあげた。

「弥一《やいち》なら来ねえぜ」

と、わけのわからぬことを口走る。

おふくが不審げな顔で問うた。

「弥一って誰のこと」

「重陽の晩に来る爺さんのことさ」

「あんた、あのひとのことを知ってんのかい」

「よくは知らねえ。一年前、節くれだった指をみてわかったのさ。友禅染めの染め師だってな。仲間に聞いてみたら、藍染川《あいぞめがわ》沿いのどこかに住む弥一っていう職人だとわかった。江戸でも五指にはいるほどの染め師だが、風の噂ではつい先だって、あの世へ逝っちまったらしいぜ」

「源助どん、それはほんとうのはなしかい」

「だから、言ったろう。風の噂だって。でもよ、重陽の節句に来られなかったのが、何よりの証拠じゃねえのか」

「やっぱり、おもっていたとおりだ」

おふくが涙ぐむ。

「婆ちゃんが言っていた。江戸友禅の反物をみつけたのは、藍染川の河原だって。あの友禅、弥一さんておひとが染めたんだよ。婆ちゃんに請われて手放した布が忘れられなくて、毎年、愛でにきていたにちがいない」

酔いどれの紺屋のおかげで、胸のつかえが取れた。

なぜか、頭のなかに、佐紀の哀しげな顔が浮かんでくる。

こちらの気持ちを察したかのように、おふくが漏らした。

「居なくなっちまうひともいれば、新しく訪れるひともいる。佐紀っておひと、またいらしてくれないかしら」

願掛けのつもりなのか、おふくの締めた幅広の黒帯には金糸で女郎花が刺繍《ししゅう》してあった。

女郎花の別名は思い草、古来より「おみな」は美女の意味で使われ、女郎花は美しい娘の喩えにほかならない。『万葉集』における「をみなへし」は「佐紀」に繋がる枕詞《まくらことば》であった。

「をみなへし佐紀沢の辺《へ》の真葛原いつかも繰りて吾が衣に着む」

三九は低声《こごえ》で詠んだ。

すかさず、おふくが問うてくる。

「それは何の歌」

「詠み人知らずの恋歌さ。大和国に佐紀沢という沢がある。畔《ほとり》に広がる真葛原の葛を糸にして衣を織りたいのだが、いったい、いつになれば願いは叶うのだろうか。そんな意味だな」

「沢の畔に咲く女郎花も葛も、恋い焦がれる娘のことなのね。切ない恋情が伝わってくる」

「女将さんが纏っていた江戸友禅にはたしか、沢に咲く女郎花と真葛、それに糸車が描かれていた。それを眺めながら、佐紀さまは涙ぐんでおられた」

「あっ、もしや」

「そのとおり。わずかに欠けた月は、長月十三夜に愛でる後の月。つまり、今宵の月ってことになる」

「何だかわたし、胸がどきどきしてきたよ」

夜更けになり、雨脚はいっそう激しくなってきた。

「ごめんよ」

濡れ鼠で飛びこんできたのは、中間《ちゅうげん》風の男だ。

「品の良い奥さまが訪ねてこなかったかい」

焦った様子で吐きすてて、おふくを睨みつける。

「奥さまって、佐紀さまのこと」

「ああ、そうだ」

男は名を由兵衛《よしべえ》といい、佐紀に雇われた渡り中間だという。

佐紀は夕刻に出ていったきり、本郷の屋敷へ戻っていないらしい。

「ときおり、ふらりと居なくなっちまうのさ。この見世のことは、駕籠屋に聞いてきた。理由はわからねえが、二度ほど訪れなさったそうだから、ここに来ればみつかるかもしれねえとおもってな」

由兵衛はおふくに導かれ、明樽に尻をおろす。

そして、濡れた着物を脱いで絞り、大きなくしゃみをひとつした。

「女物でよかったら、どうぞ」

「お、すまねえ」

おふくに小袖を借りて羽織り、由兵衛は出された熱燗を吞む。

落ちついたところで、立て板に水のごとく喋りはじめた。

「奥さまは元奥女中でな。それも、ただの奥女中じゃねえ。千代田城の大奥に部屋を持つことができる御中﨟《おちゅうろう》というやつさ。大きい声じゃ言えねえが、公方《くぼう》さまの子胤《こだね》を授かっておられたやもしれぬお方よ」

誰もが耳を疑いつつ、眉に唾をつけて聞いている。

「と言っても、そいつはうん十年もむかしのはなしだ。今は、本郷で隠居暮らしさ」

「隠居暮らし」

「世間で言うところの、おしとねすべりというやつよ」

将軍の手はついたものの、懐妊にいたらなかった奥女中たちは、役割を終えたあとに大奥から出され、しかるべき待遇を与えられたうえで隠居暮らしを強いられる。将軍の寝所から追いやられたことを皮肉って「おしとねすべり」と称するのだが、佐紀もそうした経緯を経て淋しい余生を送らねばならぬ女らしかった。

「大奥へあがったのは、かれこれ三十五年もめえのはなしよ。おいらが、おんぎゃあと生まれたころだ」

十五から三十まで十五年も大奥勤めをし、本郷に隠居してから二十年が経つという。

「そもそもは、麴町で呉服を商う大店のお嬢さまだった」

実家の呉服屋は、佐紀が奥女中になるのと引換えに幕府御用達のお墨付きを与えられた。

今は交流もない。双親は三十年近くもまえに亡くなっており、養子に迎えられた二代目が仕切っている。

「二代目は血の繋がりもねえお方だからと、奥さまは遠慮して寄りつこうともなさらねえ。それを良いことに、盆暮れの挨拶にも来やがらねえ。恩知らずな連中さ」

裕福な商家の出とはいえ、大奥の中﨟に出世するのは並大抵のことではない。

よほど容色《ようしょく》に優れていたか、才気《さいき》に秀でていたか、あるいは、とんでもない幸運に恵まれたか、それらのすべてを満たさないかぎり、公方の目に留まることなどあり得なかった。

いずれにしろ、佐紀はそうなる運命《さだめ》のもとに生まれた。

奥女中になるのは町娘たちの憧れだが、大奥奉公は吉原の廓奉公と同様、籠の鳥になることを意味する。「おしとねすべり」となって大奥暮らしから解放され、何不自由ない暮らし向きを手に入れたとしても、言い知れぬ淋しさを託《かこ》ってしまうことになるのだ。

人恋しいとおもえばこそ、佐紀は芳町のこんな袋小路の吹きだまりまで足を運んだのではあるまいかと、三九はおもった。

名残《なご》惜《り》しそうに去った佐紀の後ろ姿が忘れられない。

「酒を喰《くら》っているときじゃねえ。みんなで手分けして捜そうぜ」

紋蔵がまっさきに声をあげ、辻占のおことまで尻を持ちあげる。

三九もおふくに簑笠《みのかさ》を借り、斜めに降る冷たい雨のなかへ飛びだした。

佐紀の行きそうなところは、いくつもあるわけではない。

雨のなか、一晩中《よっぴて》捜してみたが、翌日の夕刻近くになってもみつけられなかった。

ただし、手懸かりはあった。

芝神明社の参道で、佐紀を見掛けた者がいた。

調べてきたのは、紋蔵だ。

「むかしから境内に床店を構えている煎餅《せんべい》屋の主人でな」

楚々《そそ》とした仕種で歩く武家の女に、呉服屋の箱入り娘の面影をかさねたのだという。

煎餅屋の主人は、佐紀の過去を知っていた。

佐紀は娘のころ、江戸でも一、二を争うほどの縹緻《きりよう》良しだった。

大奥から声が掛かったのは、小町娘の錦絵にも描かれたからだ。

実家の呉服屋には、若い友禅染めの染め師が出入りしていたという。

「名は弥一、そのころはまだ駆けだしでな。筋のいい若造だったらしい」

あるとき、弥一が佐紀に岡惚れした。岡惚れのうちならまだしも、佐紀も弥一に恋情を抱き、相惚れになったものだから、ひと騒動になった。双親としては困惑するしかなかった。

「世間体もある。箱入り娘と出入りの職人では身分にちがいがありすぎるからな」

しかし、あきらめさせるのは容易なことではない。おもいつめて心中でもされたら、目もあてられないからだ。

そうした騒ぎのさなか、双親にとっては渡りに舟のはなしが舞いこんできた。

千代田城の大奥から、使者が訪れたのだ。

江戸随一の縹緻良しと評判の娘を、是非、奥女中として迎えたいという。

幕府の御用達になることを望んでいた父親は一も二もなく承諾し、佐紀は数日後、千代田城にあがることとなった。

住み慣れた実家を離れ、大奥にあがる日は長月十三日とされた。

「三十五年前の昨日ってわけだ。その日は朝から快晴でな」

迎えの駕籠は鋲《びょう》打ちの網代《あじろ》駕籠、供揃えも豪勢で、塗りの陣笠をかぶった供侍は厳めしく、華やかに着飾った奥女中たちの姿は息を呑むほど美しかったという。

沿道に集った誰もが佐紀を羨ましいとおもい、心からその門出を祝った。

ところが、いざ、網代駕籠が動きはじめたとき、異変が勃《お》こった。

「お待ちを。お待ちくだされ」

大声をあげ、駕籠に追いすがる若い男があった。

染め師の弥一だ。

佐紀との別れを惜しんで、後先も考えずに沿道から飛びだしてきた。

「佐紀さま、佐紀さま」

弥一は叫びながら、網代駕籠に駆けよった。

だが、供侍に制され、地べたに引きずりたおされた。

「悲痛な叫びが今も耳に張りついていると、煎餅屋の親爺は目を赤くしていたぜ」

親爺は大奥奉公の噂を聞きつけ、わざわざ芝から麹町まで見物にいったのだという。

「弥一さんは、どうなったの」

おふくの問いに、紋蔵はこたえた。

「お上のお情けで、その場の罪は不問にされた。それからというもの、弥一は血の滲むような修業をかさね、一人前の染め師になったそうだ」

煎餅屋の親爺も、弥一が亡くなったことを知っていた。

「流行病《はやりやまい》に罹《かか》り、ぽっくり逝っちまったらしい」

おふくは、がっくりうなだれる。

生きてておほしいと、心底から願っていたのだ。

「弥一さんにご家族は」

「養子がひとりいる」

「養子」

「ああ、そいつも染め師でな。弥一は死ぬまで独り身を通していた」

「きっと、ひとりのひとを深くおもっていたんだよ」

佐紀のことが忘れられなかったにちがいない。

弥一は、泣きながら大奥へ送りだした日の記憶に縛られつづけたのだ。

ときとして、強い恋情はひとをひとつところに縛りつける。

「絆《きずな》ってやつだな」

良《あ》きにつけ悪しきにつけ、弥一は囚《とら》われの身でありつづけた。

気づいてみれば、おふくはいつのまにか、弥一の江戸友禅を纏っている。

裾に描かれた模様には、佐紀への恋情が溢れていた。

居合わせた紺屋の夫婦も明樽に座り、じっと経緯を聞いている。

源助はしきりに洟水を啜り、おりくなどは号泣していた。

「あんまりだよ。弥一さん、死んじまうだなんて。ふたりが可哀想で仕方ない」

無情な運命《さだめ》に翻弄され、ふたりは邂逅できなかった。

たとい、三十五年の空白があったとしても、ふたりに邂逅してほしかったと誰もがおもった。

「それにしても、佐紀さまはどこに行っちまったんだろう」

おふくのつぶやきが、天に通じたのか。

外をみれば、雨は嘘のようにあがっている。

西の空が真っ赤な夕焼けに染まるころ、佐紀が縄暖簾を振りわけ、何食わぬ顔ではいってきた。

おふくは涙を拭い、眦《まなじり》を吊りあげた。

「いったい、どこへ行かれていたのです」

「あら、どうして」

「みんな、心配していたのですよ」

佐紀はきょとんとしつつも、みなの熱い眼差しに気づいた。

黒地に菊を散らした加賀友禅を纏い、髷には花簪にみたてて女郎花《おみなえし》を挿している。花嫁のごとく白足袋《しろたび》に銀箔《ぎんぱく》の雪駄を履き、衣擦《きぬず》れの音をさせながら近づいてくる。

「あらそう、待っててくれたの」

佐紀はにっこり笑い、晴れやかに応じてみせた。

「ちょっとね。この世とあの世のあわいまで行ってきたのよ」

「この世とあの世のあわい」

「うふふ、目黒《めぐろ》のお不動さんで一夜を過ごしたの。どうしても、月を愛でたくてね。でも、やっぱり、みることは叶わなかった。できれば、あのひとといっしょに愛でたかったのに。だいいち、約束していたから。あのひとに逢って、謝りたかった。手の届かぬところへ行ってしまって、ごめんなさいって」

佐紀は少し涙ぐみ、遠くをみつめるような目をする。

「あのひとは泣きながら、どこまでも従《つ》いてきた。供侍に制されても、それをものともせずに、わたしの名を叫びつづけてくれたの」

あのときの光景が忘れられないと佐紀は言い、一葉の文をみせてくれた。

——重陽の節句　芳町ひなた屋にて

とある。

「文使いの小僧さんが届けてくれたの」

すぐに、誰からの文かわかった。

隠居を強いられて二十年ものあいだ、秘かに心待ちにしていた文だ。

どうせ忘れてしまったにちがいないと、心の片隅ではあきらめていた。

所帯を持ち、子をもうけ、幸せになっているとしたら、過去の思い出に縛られることはないのだ。

「文を読んで、すぐにわかったの。迷ったすえに綴《つづ》られたものだということが」

佐紀は、このひなた屋へ思い出を探しにやってきた。

三十五年越しとなる、かけがえのない思い出だ。

「あのひとと夜中に家を抜けだし、いっしょに中秋の月をみたことがあったの」

ふたりで手と手を繋ぎ、目黒不動の比翼《ひよく》塚へ向かった。

男女の契りの深さを意味する比翼連理《れんり》の喩えどおり、比翼塚に祈りを捧げれば、おもいは叶うと信じていた。

「ふたりで愛でたお月さまは、それはもう、得も言われぬ美しさでね」

長月十三夜の後の月もみなければ、片月見で縁起が悪い。

「だから、また翌月も来ようって約束を交わしたのだけれど、十三夜はいつも雨。だから、いつか、ふたりで後の月をみようって、指切りげんまんをしたの」

弥一はその約束を忘れず、三十五年も経って果たそうとした。

みずからの死期を悟っていたかのようだなと、三九はおもう。

「比翼塚の片隅に、誰にも気づかれぬように石碑が置いてあったの」

石碑をみれば、朱文字で万葉の歌が彫ってあった。

「をみなへし佐紀沢の辺の真葛原いつかも繰りて吾が衣に着む。あの方の恋情が痛いほどに伝わってきた」

佐紀は弥一のことをおもいながら、ひと晩掛けて朱を削ったのだという。

まるで、夫に先立たれた信女《しんにょ》のようではないか。

おふくは、静かに問いかけた。

「亡くなったことを、ご存じだったのですね」

佐紀は、こっくりうなずく。

「重陽の節句の晩、あのひとはひなた屋へ来なかった。そのとき、わかったの。

あのひとは逝ってしまったんだって」

来ないとわかっているのに、佐紀は目黒不動の比翼塚へ行った。

「あのひとは来なかった。でも、おもいは感じられました。あのひとは、こんなわたしをずっとおもっててくれた。その思い出さえあれば、わたしはこれからも生きていけそうな気がするの」

佐紀は涙もみせず、弥一の文を胸に抱いた。

「みなさま、どうもありがとう」

胸を張り、踵《きびす》を返そうとする。

「お待ちを」

おふくが、優しく呼びとめた。

「畳問屋のご隠居から、まったけをいただきました。ほら、ご覧ください」

笊に松葉が敷かれており、松茸が大小三本載っている。

「まあ、見事なまったけだこと」

「すぐに、ご用意いたします」

「えっ」

「だって、佐紀さまに食べていただきたかったのですよ。さ、もう一度、お座りくださいな」

おふくに促され、佐紀は明樽に腰をおろす。

「焙烙《ほうろく》焼きと土瓶蒸し、どちらがよろしいですか」

「そうね。どちらもお願いするわ」

すっと背筋を伸ばした大輪の菊のように、佐紀は華やかに笑ってみせた。

念仏鳥

冬至《とうじ》も近いというのに、江戸にはまだ初雪が降らない。

三座の顔見世興行は初日からずっと大入りで、芝居町の賑わいは芳町の露地裏にも伝わってくる。

ただし、客のはけたあとの露地裏はいつも淋しい。

爪先まで凍りつきそうな夜は、熱燗が恋しくなる。

井之蛙亭三九がおふくの酌で身を温めていると、岡っ引きの紋蔵が鬼瓦のような顔の侍を連れてやってきた。

「おお、ひでえ寒さだ。こいつは雪が降るかもな」

紋蔵はかさねた掌に白い息を吐きかけ、侍に明樽を勧める。

侍は右足が不自由のようで、引きずりながら近づいてきた。

霜のまじった鬢から推すと、還暦は超えていよう。

「おふく、紹介するぜ。こちらは加藤鉄之進《かとうてつのしん》さま」

軽く会釈をする侍は、紋蔵が若い時分に何年か仕えた元廻《まわ》り方《かた》の同心らしい。

なるほど、強面なうえに目付きも鋭い。

不浄役人特有の探るような眼差しで睨まれ、三九は目を逸《そ》らす。

「ごいっしょさせてもらったな、もう三十何年もめえのはなしさ」

「あら、そんなむかしから」

おふくは胡瓜《きゅうり》と蕪《かぶ》の糠漬けを用意しながら、大仰《おおぎょう》に驚いてみせた。

身に纏う着物の柄は鼠地に向かい蝶菱《ちょうびし》、黒襟に合わせて黒と格子の粋な昼夜帯を締めている。鼈甲《べっこう》の笄《こうがい》で束ねただけの貝髷《ばいまげ》が、いつにもまして艶めいた印象を与えていた。

まだ宵の口なので、ほかに客はいない。

加藤は豪快に酒を呑み、快活に喋りつづけた。

だが、口から飛びだすのは自慢話ばかりで、聞いているほうは虚しい気分になってくる。

役目ひと筋で所帯も持たず、気づいてみればたったひとり、すきま風の吹きぬける隠居長屋で寒さに震えている。過去に縋《すが》らねば生きていけぬ男の淋しさが、ひりつくような痛みとなって胸に迫った。

「紋蔵よ、あんときはよかったな。おめえといっしょに、江戸の町を駆けずりまわったのが昨日のことのようだぜ」

「へへ、加藤さまは捕り方の鑑《かがみ》であられやした。こうとおもったら、けっして引きさがろうとなさらねえ。粘りに粘って、仕舞いにゃお手柄をあげられた。ついた綽名《あだな》が納豆加藤だ」

「納豆加藤か、懐かしいな」

「何しろ、こちらの旦那ときたら、小悪党から袖の下を鐚《びた》一文も貰おうとなさらねえ。町奉行所ひろしといえども、そんな旦那はひとりもおられやせんでしたよ」

「おれを除けば、みんな袖の下を貰っていやがった。自腹で手下を養うためにゃ、仕方のねえことさ。でもな、おれにはできなかった。悪党に鳥目《ちようもく》を恵んでもらうくれえなら、十手を返上したほうがましだ。そうおもっていたからな。無償で従いてきてくれたのは、霜枯れの親分だけさ」

「へへ、あっしは旦那の心意気に惚れていたんでやすよ。心意気さえありゃ、小遣いなんぞいらねえ。旦那は、しみじみと仰いやした。十手は命だってね。あっしは今も、そのことばが忘れられねえんだ」

「嬉しいな。親分のことばが身に沁みる」

「親分なんて、そんな呼び方はよしてくだせえよ。あっしは、むかしも今も莫迦たれのすっとこどっこいなんでやすぜ」

「ふふ、むかしはたしかに、そんなふうに呼んでいたっけな」

加藤はにんまり微笑み、さも美味そうに酒を呑む。

肴は、このしろの粟漬けから寒鮒《かんぶな》の甘露煮とつづき、さきほどから湯豆腐に替わっている。

加藤は蓮華《れんげ》で熱々の豆腐を掬って食べ、また酒を呑んだ。

「紋蔵よ、おめえが羨ましいぜ。おれより年寄りだってのに、まだ十手を持っていやがる。おれだって、足をやられてなきゃ、今ごろは……」

声を詰まらせる元同心の肩に、紋蔵はそっと触れた。

「旦那は、充分にご活躍なされやしたよ」

「ああ、そうだな。あんときが潮時だったのかもしれねえ。でもよ、おれはどうしても口惜しくて仕方ねえのさ」

「また、そのはなしをなされやすかい」

「ああ、ずっと口に出さずに我慢していたんだ。今夜だけは言わせてくれ。念仏《ねんぶつ》鳥《どり》のことをよ」

「ようござんす。いくらでもお聞きしやすぜ」

これまでに出なかった盗人の名なので、三九は聞き耳を立てた。

「くそったれ、おれが右足をやられたのも、あの野郎を追いかけていたときだった」

「ちょうど、霜月《しもつき》の寒い晩でやしたね」

「もう、二十年さ」

江戸市中ではそのころ、念仏鳥と呼ばれる盗人が跳梁《ちようりよう》していた。

「そういえば、聞いたおぼえがある」

と、おふくも相槌《あいづち》を打つ。

加藤は、眉間に皺を寄せた。

「念仏鳥ってのは、鵺《ぬえ》のことだ。やつがあらわれる晩は、どこからともなく鵺の鳴き声が聞こえてくるのさ。口笛のようなひょーひょーという淋しい声でな。そうやって報せておきながら、きれいに盗んで痕跡ものこさねえ」

盗んださきの家人はひとりとして傷つけず、それどころか、家人に気づかれたことすらない。

「影のように近づき、風のように去っていく。念仏鳥はけっして、捕り方に尻尾をつかまれるようなへまはしねえ」

「あの野郎、阿漕な金貸しや大商人の蔵ばっかり狙っていやしたね。しかも、奪っていくのは五百両箱ひとつ、そいつを小脇に抱えて大屋根を飛ぶように走る。追っていくさきは闇のなか、聞こえてくるのは念仏鳥の鳴き声だけ」

「綽名に仏の一字がつけられたのは、鳴き声のせいばかりじゃねえ。やつは義賊を気取って、いつも貧乏長屋に小判をばらまきやがった。ふん、お上を嘗めていやがるんだ。虎の尾を踏むのが、三度の飯より好きな野郎なのさ」

「あっしら、さんざん虚仮《こけ》にされやしたね」

「ああ、引っ掻きまわされた。捕り方の沽券に懸けても捕まえろとな、上の連中も躍起になっていやがった」

躍起になっていたのは、捕り方だけではない。

蔵を荒らされた地廻りも、盗人捜しに血道《ちみち》をあげた。

「地廻りの勘太郎や五六三も、念仏鳥に煮え湯を呑まされた口だ」

「そいつを知ったときにゃ、正直、すっきりしやしたがね」

「莫迦野郎。お宝を盗まれた相手がどんな悪党だろうと、盗みは盗みだ。念仏鳥は引っ捕らえて、土壇《どだん》へ送らなきゃならねえ」

加藤は我を忘れて声を荒らげ、ほかの連中をびっくりさせた。

今もまだ、むかしの失態を引きずっているのはあきらかだ。

紋蔵が慰める。

「旦那は捕り方のなかで、唯一、念仏鳥のすぐそばまで迫ったじゃありやせんか」

「目星をつけた逃げ道の途中で待ちかまえていたがな、そいつは不運にも大屋根のうえだった」

「しかも、夜中になって雪が降ってきやがった」

「よりにもよって、初雪だぜ」

加藤の読みは的中し、柿色装束を纏った賊はすがたをみせた。

「ところがどっこい、おれは足を滑らせて奈落《ならく》の底に落ち、右足を粗朶《そだ》みてえに折っちまった」

折れ方がひどかったせいで、二度とまともに走ることができなくなった。

「やつは大屋根から、おれを見下ろしていやがった。頬被りをしていたがな、あの目だけは忘れられねえ。他人の不幸を憐《あわ》れむような目だ。そいつがな、今も夢に出てくる。紋蔵、おれはよ、念仏鳥を逃がしたことだけが、どうしても心残りなのさ」

「わかりやす。でもね、旦那、もう二十年でやすよ。そろりと、忘れてもいいころでやしょう」

「ああ、わかっているさ。そのために、おめえとこうして酒を啖っているんだからな」

はなしも一段落したところで、おふくが声を掛けた。

「おふたりさん、根深汁《ねぶか》はいかが」

「おっ、待ってました」

紋蔵が、嬉しそうに手を叩いた。

おふくのつくる根深汁は評判が良い。

まずは、蝦夷《えぞ》産の昆布《こんぶ》と鰹節《かつおぶし》でとった出汁《だし》で江戸前の赤味噌をのばす。裏漉《ご》ししてできた味噌汁が煮立つ直前で、千住《せんじゅ》か砂村《すなむら》で採れた葱を輪切りにして入れる。煮すぎると苦味が出るので、そのあたりの加減は要るものの、特別なひと品ではない。

「さ、どうぞ」

「ふむ」

加藤は白い湯気とともに、ずるっと汁を啜る。

深々とうなずき、にんまり笑った。

「こりゃ絶品だぜ」

「でやしょう」

紋蔵も得意気に胸を反らす。

ひなた屋には常連たちが入れ替わりに訪れては帰っていったが、久しぶりに再会した元同心と岡っ引きは夜更けまで呑みつづけた。酔っては微睡み、醒めかけてはまた呑み、すっかりできあがっても、昔話に花を咲かせたのだ。

それは時の流れに取りのこされた者の悲痛な叫びのようにも聞こえ、過去の栄光に縋らねば生きていけぬ者のささやかな抵抗にも感じられた。

もういちど輝きたいと願いつつも、堅固に立ちはだかる壁のまえで悄然《しょうぜん》と佇む。

重い溜息をひとつ吐き、もどかしいおもいを抱えたまま、とぼとぼ家路をたどるしかない。

「念仏鳥を捕まえてえ」

老いた元同心の願いが叶う機会など、二度と訪れることはあるまい。

哀しいけれども、それが現実なのだ。

ただ、おふくのつくった根深汁だけは、つかのま、くたびれた心を癒《いや》してくれる。

加藤もその味を知った。

常連がまたひとり増えたなと、三九はおもった。

翌夕、ひなた屋は華やいだ雰囲気に包まれた。

清吉という畳問屋の手代が、許嫁の娘を連れてやってきたのだ。

畳問屋は備後屋といい、本郷丸山にある。

菊坂の端から北へ延びた胸突坂を登ったさきだ。

ただの畳問屋ではない。福山藩十一万石の御用達で、隠居となって深川に住む義右衛門が一代で築きあげた店だった。

今は娘婿に暖簾を譲っていた。数年前に勘当した放蕩息子がおり、本心では勘当を解いて実子に店を継がせたかったものの、周囲の猛反対にあってあきらめざるを得なかった。

手代の清吉は乳飲み子のとき、大善寺の門前にある石地蔵の足許に捨てられているところを、義右衛門に拾われた。拾って育ててもらった恩を山よりも重く感じ、奉公に励んできたのだが、あるとき、太物屋の箱入り娘に岡惚れしてしまった。

岡惚れならまだしも、偶然が重なってふたりは相思相愛の仲になり、駆け落ち寸前までいった。

なにしろ、畳問屋の手代と太物屋の一人娘とでは、誰がみても釣りあわない。娘の父親は頑としてふたりの仲を認めず、別れざるを得なくなったが、老練な義右衛門の仲立ちでどうにか波風はおさまった。

清吉の親代わりになるから、若いふたりの仲を認めてほしいと、義右衛門が畳に手をついたのだ。しかも、福山藩の納戸役を紹介するという土産まで用意した。御用達の大店を築いた人物に頭をさげられたら、首を横に振るわけにはいかない。しかも、福山藩とよしみを通じることは、太物屋にとってありがたいはなしだ。

娘の頑固な父親は、渋々ながらも、ふたりの仲をみとめた。

義右衛門はひなた屋の常連でもあり、縁あっておふくが仲人を頼まれた。

大役を仰せつかったのは、二十一年前に子捨てを余儀なくされた母を知っているからだ。

母の名はおはつ、春先のとある日、運命の糸にたぐりよせられるように、ひなた屋へやってきた。

好んで子を捨てる母親はいない。

子を捨てた裏には、切ない事情があった。おはつは越後の雪深い寒村から江戸の岡場所に売られ、十五で客の子を身籠もり、生きのびるために泣く泣く子を捨てねばならなかった。

その子が清吉だとわかった途端、おふくは宿縁の深さを感じた。

この春、母と子は一度だけ顔を合わせたが、清吉のほうにはまだ事情を告げていなかった。

まわりの連中も気を遣って喋らず、自然に名乗りあえるときを待っていた。

そうした経緯のなか、婚礼話は遅々として進まず、初雪が降りそうなこの時季まで延びてしまっていた。

原因はすべて、娘の父親にある。

父親の名は大和屋惣兵衛《そうべえ》、目に入れても痛くない愛娘《まなむすめ》の名は、おそでといった。

おそでは十六にしては大人びており、品の良い紅染め地にふくら雀を配した振り袖がよく似合う。

少しの乱れもなく娘島田を結いあげ、誰もが振りかえるほどの縹緻良しであったが、大店の箱入り娘にありがちな高慢な印象はない。可憐《かれん》な面立ちとはうらはらに奥ゆかしく、遠慮がちな性分で、親にきちんと育てられた娘にちがいないと察せられた。

「清吉め、羨ましいな」

馬医者の甚斎にからかわれ、清吉は顔を赤らめる。

蔭間の京次や辻占のおこと、岡っ引きの紋蔵や三九などの常連にまじって、加藤鉄之進のすがたもある。

顔は鬼瓦のようだが、親しみやすいところがみなに気に入られ、加藤もすっかり見世に馴染んでいた。

晴れがましいはずの席だというのに、清吉の表情は冴えない。

「何だよ、しょぼくれやがって」

甚斎の問いかけに、おふくが脇から代弁してやった。

「このおふたりさん、前途多難なのよ」

畳問屋の隠居に説得されて折れたはずの父親が、やはり、ふたりの仲は認められないと言いだした。

京次が茶化す。

「そりゃ、簡単にゃ認められないさ。先様は何てったって、日本橋の往来に大店を構えた太物屋だからね」

「でもよ、畳問屋の隠居がひと肌脱ぐと約束したんだろう」

甚斎に問われ、おふくはこたえた。

「ええ、はっきりと約束なされたよ。いざとなれば、清吉さんを養子にする。福山藩にも商いの繋ぎを取るってね」

「太物屋の主人は、そいつのどこが不満なんだ」

「さあね」

おふくが匙を投げると、おそでが声を震わせた。

「よくよく考えなおしてみたら、わたしたちのほうで勝手に決めてきたってことが、どうしても許せないのだそうです」

「いまさら何を言ってんだか。往生際の悪いおとっつぁんだね」

「頑固者なんです」

おそでの語るところによれば、大和屋惣兵衛は十五年前に内儀を亡くしていた。自分を産んだあと、産後の肥立ちが悪くて亡くなったと聞き、おそでは罪深さを感じているようだった。

おふくが、脇から助け船を出す。

「父ひとり娘ひとり、おそでさんは男手ひとつで育てられた。育ててくれたおとっつぁんを悲しませたくないから、困っているんだね」

みんなが黙りこむなか、加藤が口をひらいた。

「偉《えれ》えな。親はたいせつにしなくちゃならねえ。でもよ、清吉を好きだって気持ちを抑えることはできねえんだろう」

「はい」

おそでが消えいりそうな声で応じる隣で、清吉は拳をぎゅっと固める。

困りはてたふたりの様子をみかねたのか、加藤がぽんと胸を叩いた。

「おとっつぁんを、ここに連れてこい。おれがはなしをつけてやる」

朱に染まった鬼瓦に睨まれ、若いふたりは萎縮《いしゅく》してしまう。

もちろん、赤の他人が口を挟むようなはなしではない。

ただ、ほかにこれといった妙案も浮かばなかった。


冬至を迎え、江戸に初雪が降った。

常連たちは銭湯で柚子《ゆず》湯に浸かったあと、ひなた屋へ一杯引っかけにくる。

最初に出されるのは、無病息災のまじないでもある南瓜《かぼちゃ》だ。

呑兵衛のなかには甘く煮た南瓜を嫌う者もあったが、冬至の夜だけは縁起を担いで口にする。

おふくは、大鍋一杯に南瓜を煮ておかねばならなかった。

もちろん、肴はそれだけではない。

今が旬の冬至海鼠《なまこ》に鯨汁、それに深川産の牡蠣《かき》なども見受けられる。

厳選された食材が並んでいるのには、理由があった。

いよいよ今夜、おそでの父親がやってくるのだ。

誰もがみな、落ちつかない様子だった。

「何刻に来るのかえ」

と、嗄《しやが》れた声を発するのは、わざわざ深川の隠居屋敷からやってきた備後屋義右衛門である。

かたわらに立つ清吉が、張りつめた面持ちでこたえた。

「大旦那さま、暮れ六つまでには、おそでがお連れいたします」

「あと四半刻か」

義右衛門は、紋付きの襟をきゅっと寄せる。

馳せ参じた客のなかには、黒羽織を纏った加藤鉄之進もいた。

「ぬはは、何やら結納《ゆいのう》みてえだな」

豪快に嗤《わら》い、指で大皿の南瓜を摘む。

もちろん、結納となれば帯代も要るし、昆布などの縁起物も用意しておかねばならない。そこまで大袈裟なものではないが、実質、両家の初顔合わせでもあり、仲人を頼まれたおふくも緊張の色を隠せなかった。

加藤は「おれに任せておけ」と胸を叩き、ひとりではりきっている。

「なあ、ご隠居さん、清吉はじつに立派な男だぜ。礼儀正しいし、何をさておいても誠がある。世知辛《せちがれ》え世の中で、誰も彼もが誠の心を忘れていやがる。身を犠牲にしてでも他人を助け、慈しむ気持ちを失っているのさ。でもな、清吉はちゃんとしているぜ。大名家御用達の大店を一代で築いたおめえさんに育てられただけあって、人の情がわかっているのにちげえねえ。しかも、甲斐甲斐しくはたらきやがる。それが何よりも肝心なことだ。こんな男が愛娘を悲しませるはずはねえとな、花嫁の父親を掻き口説《くど》いてやるさ」

やがて日没となり、遠くから暮れ六つを報せる鐘の音が聞こえてきた。

——ごおおん。

余韻も醒めやらぬあいだに、おそでが父親を連れて見世にやってくる。

「お邪魔いたします」

深々とお辞儀をするおそでは、岩井《いわい》茶の地に菊立涌《きくたてわき》模様の晴れ着を纏い、髪を紅鹿子《べにかのこ》の結い綿で飾っている。

茶羽織を纏った父親の大和屋惣兵衛は、娘の後ろでろくに挨拶もせず、仏頂面のまま明樽に座った。

おそでは、蚊の鳴くような声を出す。

「おとっつぁん。こちらがね、仲人をお願いしたおふくさま」

「ふん、そうか」

惣兵衛は口を真一文字に引きむすび、軽くうなずくだけだ。

あきらかに、不機嫌そうだった。

おふくは酒の仕度をし、美味い肴を出してやる。

縁起を担いで、藍地に七宝繋《しっぽうつな》ぎの小袖を纏ってみたものの、父親の目には入らぬらしい。

「深川沖の牡蠣ですよ。八丁味噌で焼いてみたので、どうぞ」

惣兵衛はまったく、手をつけようともしない。

「大和屋さん、美味いから、ひと口食べてごらんなされ」

と、隠居の義右衛門が口を挟む。

ふたりは、一度会っているはずだった。

にもかかわらず、惣兵衛は知らんぷりを決めこんでいる。

もちろん、清吉のほうをみようともせず、集まった連中の冷たい眼差しを浴びてもいっこうに怯《ひる》まない。

表情も動かさず、ぴしゃりと撥ねつけるように言いはなった。

「みなさま、誤解してもらっては困ります。わたしが今宵伺ったのは、こたびの縁談をきっぱり断るためにござります」

「そ、そうなのですか」

驚いたのは、おふくだけではない。

清吉などは、顎をがたがた震わせている。

おそでだけは聞かされていたのか、俯いたままじっと耐えていた。

突如、惣兵衛は握り拳を固め、どんと床几を叩く。

殻付きの牡蠣が躍った。

「娘の婿には、大和屋を継いでもらわねばならぬ。親に内緒で婿を決めるなど、そのような勝手が許されるとおもうのか」

見世のなかは、水を打ったように静まりかえった。

場の空気を変えたのは、加藤鉄之進だ。

「まあまあ、かりかりしなさんな」

横から鬼瓦のような顔をぬっと差しだす。

惣兵衛は振りむき、はっとしてことばを失った。

なぜか、理由はわからない。

あきらかに動揺し、目のやり場に困っている。

「……あ、あなたさまは」

「わしか。加藤鉄之進と申す。こうみえても、元同心でな」

「……ど、同心」

「案ずるな。今は隠居の身、十手はお上に返上した。あんたが何をしようと、縄を打つことはねえ。へへ、冗談だよ。おい、どうした。でえじょうぶか」

「……は、はい」

惣兵衛の態度は、さきほどとはあきらかにちがう。

顔は蒼褪《あおざ》め、動揺を押し隠すためか、しきりに乾いた唇《くち》もとを嘗めている。

「おとっつぁん、どうしたの」

おそでも顔を寄せ、清吉も心配そうに覗きこむ。

惣兵衛は立ちあがり、よろめくように出口へ向かった。

「おそで、帰るぞ」

「えっ、これでいいの。せっかく、みなさんが集まってくださったのに」

「うるさい」

惣兵衛は乱暴に言いすて、後ろもみずに外へ出ていってしまう。

「待って。おとっつぁん」

おそでも泣きべそを掻きながら居なくなると、見世は重い空気に包まれた。

おふくが、つとめて明るく言いはなつ。

「さあ、みんな、元気を出して。清吉さんもね。今日が終わりじゃない、はじまりなんだとおもってさ」

「はい」

清吉の明朗な返事で、見世に和《なご》やかさが戻ってくる。

ところが、加藤だけは沈んだ表情のままだ。

「旦那、どうかしやしたかい」

紋蔵に声を掛けられ、ぼそっとつぶやく。

「あいつ、どこかで会ったことがある」

元同心の発した台詞の意味するところは、誰ひとりわからない。

「さあ、みんな、南瓜をたんと食べてね」

おふくの音頭で見世が賑わいを取りもどすと、ぼんやり酒を呑む加藤のことを気にする者もいなくなった。


帷子《かたびら》のごとく降る雪の狭間に、点々と寒椿《かんつばき》が咲いている。

数日後、清吉とおそでは、婚礼どころではなくなった。

大和屋の蔵が盗人に荒らされたのだ。

三九はそのはなしを噂で聞き、いつもより早くひなた屋の暖簾を振りわけた。

檜皮色《ひわだ》の地に網代模様の着物を纏ったおふくは、ほつれた後れ毛を掻きあげている。

棒縞の綿入れを着込んだ紋蔵が、寒そうにはいってきた。

「おふくよ、聞いたかい。大和屋さん、お宝をごっそり盗まれたらしいぜ」

「そうだってね。おそでさんや奉公人たちは無事だったのかい」

「ああ。そいつが不幸中の幸いだ」

おふくは、ほっと胸を撫でおろす。

日の入りにはまだ間があり、仕込みもできていない。

紋蔵がひんやりした明樽に座ったところへ、加藤がひょっこり顔を出した。

「お、いやがったな」

「加藤さま、あっしをお捜しで」

「そうよ。太物屋の蔵が荒らされたって聞いてな」

「早耳でやすね」

「江戸じゅうの噂だ。盗人はまだ捕まってねえのか」

「へえ、情けねえはなしで」

加藤も明樽に座ると、おふくが気を利かせて熱燗をつけた。

「べったら漬けしかありませんけど」

「充分だぜ」

ふたりはのどに酒を流しこみ、ひと息ついた。

「さて、詳しいはなしを聞こうか」

「へい」

賊は四、五人で真夜中に押し入り、家人を縛って、悠々と蔵を破った。

たまさか、主人の惣兵衛は上野国《こうずけ》まで買いつけにいっていて留守だったという。

「主人の留守をついたわけだな。ひょっとすると、そいつを知っていた者の仕業かもしれねえぞ」

「するってえと、加藤さまは奉公人のなかに仲間がいると仰る」

「そう考えるのが常道だぜ。賊どもは悠々と蔵を破ったって言ったな。あらかじめ、合い鍵をつくっておいたんじゃねえのか。だとすりゃ、なおさらだ。手引きをする仲間がいたにちげえねえ」

「なるほど、旦那の仰るとおりかも」

「一年以内に雇われた奉公人で、怪しい者はいねえか」

「そういえば、妙な下女がひとり」

「妙なとは」

十月前に飯炊きに雇われた女で、名はおゆうという。

一昨日の晩、つまり、蔵荒らしのあった前夜に産気づき、大和屋の奥座敷で男の子を産みおとしたらしかった。

「翌日、押上《おしあげ》の実家から双親があらわれ、母子ともども連れて帰ったそうで。しかも、女中頭によれば、迷惑を掛けたからと給金の残りも受けとろうとせず、逃げるように居なくなったとか」

「おゆうが消えた晩、太物屋は蔵荒らしに見舞われたわけだな」

「へい」

「紋蔵よ、そのはなしを聞いて、おれはおもいだしたぜ。二十数年もめえのはなしだ。江戸市中を騒がせた因果《いんが》小僧《こぞう》ってのがいたろう」

「あっ」

紋蔵は、ぱしっと膝を打った。

「因果小僧が狙ったのも、日本橋大路に軒を構えた大店だった。手引き役の下女をあらかじめ奉公させておき、蔵の位置を調べあげ、合い鍵までつくらせておいた」

「その下女も孕《はら》んでおりやした」

十月十日目に女が見世のなかで子を産みおとしたつぎの晩、店は蔵荒らしにあったのだ。

孕んだ娘をわざと奉公に出させ、子を産んだ混乱に乗じてお宝を盗む。

「別名、子宝《こだから》小僧とも呼ばれた盗人どものことさ」

のちに捕縛された盗人の首魁《しゅかい》が、得意気に喋ったはなしだという。

「そいつをまねた盗人どもが、二十数年も経ってあらわれたと仰る」

「たぶんな。因果小僧の首魁は捕まったが、手引き役の女と赤ん坊は捕まってねえ」

「まさか、その赤ん坊が」

「そうよ、因果は巡る糸車さ。二十数年経って大人になった子が、親の遣《や》り口をまねたのかもしれねえ。どっちにしろ、調べてみる価値はあるぜ。紋蔵よ、ここで酒を啖っている場合じゃねえぞ」

「合点《がってん》で」

紋蔵は力強く発し、明樽から尻を浮かせた。

「旦那、ひとっ走り行ってめえりやす」

「助っ人はいらねえか」

「へへ、そんときは、まっさきにお願いしやすよ」

紋蔵が去ると、加藤はおふくの酌で酒を呑んだ。

「心配えなのは、大和屋だな。商いをつづけていけるかどうか」

「え、どうしてです」

「蔵荒らしは、荒らされたほうも罰せられる。注意を怠ったかどでな。たぶん、過料《かりよう》の沙汰を申しわたされるだろうぜ」

過料の程度によっては、商売をつづけられなくなることもある。

「どっちにしろ、娘の祝言どころじゃねえ」

「そんな」

大和屋が見舞われた突然の不幸は、ひなた屋に集う面々を暗くさせた。

だが、加藤だけは十も若返ったようにみえる。

希代の盗人をめぐる数奇な因縁におもいを馳せているのではあるまいかと、三九は感じていた。

さらに十日が経ち、江戸の町は雪の衣にすっぽり包まれた。

ひなた屋に朗報がもたらされたのは、暮れてからのことだ。

店にいるのは、三九と加藤鉄之進のふたりだけだった。

そこへ、十手を肩に担いだ紋蔵があらわれ、大和屋を襲った盗人一味が捕まったと告げた。

加藤の推理どおり、おゆうという下女の線から盗人どもの正体が判明した。

「さすが、加藤さまだ。勘は錆びちゃいなかった」

だが、手柄を立てたのは、紋蔵ではない。

「訴えがあったのさ。おゆうが盗人の一味だってな」

訴え状には、盗人たちの潜伏先も明記されてあった。

「旦那、誰が書いたとおもいやす」

「さあな」

「大和屋惣兵衛でやすよ」

「えっ」

おふくもふくめて、三人とも驚きを隠せない。

紋蔵は、淡々とつづけた。

「自分の不始末は自分で片をつける。惣兵衛さんってのは、肚の据わった御仁《ごじん》だぜ。おかげで、仕置きも軽くて済みそうだ。あっしは、すっかりあのおひとを見直しやした」

匂い縞の小袖を纏ったおふくの顔が、ぱっと明るくなった。

「それじゃ、おそでさんも晴れてお嫁さんになれるかもしれないね」

「ああ、おれもそう願っているよ」

紋蔵は応じつつ、かたわらの加藤に酌をする。

加藤は盃を取るのも忘れ、じっと床几をみつめていた。

おふくが声を掛ける。

「旦那。いったい、どうしちまったんです。さっきから黙りこんじまって、お腹でも痛いんですか」

「目だ」

と、加藤は吐きすてた。

おふくも三九も動きを止め、元同心の口許に注目する。

「二十年前のあのとき、おれは念仏鳥の目をみた。あの目が忘れられねえ」

「そのおはなし、先だってもお聞きしましたけど。いったい、取り逃がした盗人の目がどうしたってんです」

おふくは不吉な予感でもあるのか、怒気をふくんだ口調で尋ねる。

ぼそっと、加藤は言った。

「同じ目のやつを、みつけちまったのさ」

「いったい、どこで」

「この見世だ」

「えっ、嫌ですよう、旦那。何をわけのわからないことを仰るんです」

「いいや、確かに念仏鳥の目だ。他人の不幸を憐れむようなあの目、一度みたら忘れられるもんじゃねえ」

「でも、それって……いったい、誰のこと」

おふくの声は、心なしか震えていた。

加藤は血走った眸子《まなこ》を剝き、床几から乗りだす紋蔵と三九を睨みつける。

そして、嗄れた声を抛《はな》った。

「大和屋の主人だよ」

「まさか」

おふくと三九は耳を疑った。

「証拠《あかし》はねえ。自分の勘働きを信じるしかねえんだが、考えてみりゃ、このたびの盗人騒ぎは妙なことばかりだ。大和屋惣兵衛が訴え状をしたためたのも、よほどの覚悟があってのことだろう」

紋蔵が口を挟んだ。

「なるほど、盗人だけに、盗むやつの気持ちが手に取るようにわかるのかもな。これも何かの因縁だぜ。いいや、加藤さまの執念が呼びよせたにちげえねえ」

「ちょっと待って。わたしは、信じないからね」

おふくは両手を腰にあて、きっぱりと言いきる。

「目が似ているというだけで、盗人だって決めつけるなんて、そんな乱暴なはなしがあるもんか」

「まあまあ、そう熱くなるな。おめえらしくもねえぜ」

紋蔵になだめられ、おふくは冷静さを取りもどした。

「それなら百歩譲って、旦那の仰るとおりだといたしましょう。でも、どうするおつもりなんです。いまさら、むかしのはなしをほじくり返すの。だいいち、念仏鳥は義賊だったんでしょう。盗んださきでは誰ひとり傷つけず、阿漕な連中から盗んだお金を貧乏長屋にばらまいていたって、旦那はそう仰ったじゃありませんか」

おふくにまくしたてられ、加藤は目を逸らす。

紋蔵が、代わりにこたえた。

「人ってのはな、やったことの罪をいつかは償わなくちゃならねえんだ。ひょっとしたら、そいつをいちばんわかっているのは、惣兵衛さんかもしれねえ」

「わたし、もういちど大和屋さんに掛けあってみようって、そうおもっていたんです。たいへんなときだから、なおさら、前向きにならなきゃいけない。人間、希望を持たなきゃ生きていけないでしょう。だから、直談判して、若いふたりの仲をみとめてもらおうって」

おふくは、仕舞いに涙声になる。

もちろん、過去の罪が白日のもとに晒されたら、それどころのはなしではなくなる。

惣兵衛は縄を打たれ、市中引きまわしのうえ打ち首獄門になるだろう。

遺された娘には、世間の冷たい目が注がれるにちがいない。

父娘に地獄が待ちうけていることは、火を見るよりもあきらかだ。

「それでも、見逃さないって仰るの」

おふくの問いに、加藤は強く頭を振った。

「女将さんよ、すまねえ。盗人を見逃したら、神仏に背《そむ》くことになる」

床几から溜息が漏れるなか、紋蔵も厳しい調子で言った。

「おふく、あきらめな。盗人にゃよ、年貢の納めどきってのがあるんだ。理不尽におもうかもしれねえが、そいつが正義ってもんさ」

「正義なんぞ糞食らえだよ。神仏もへったくれもあるもんか。人ってのは慈悲に縋って生きているんだ。石頭の唐変木は、この見世の敷居をまたがせないよ」

加藤はゆらりと立ちあがり、黙って背中を向けた。

途轍《とてつ》もなく淋しそうな背中が、胸を締めつける。

「わたしは、ぜったいに信じないからね」

おふくだけは、頑として譲らない。

元同心の矜持《きょうじ》と女将の情が折りあうことはなさそうだった。

穏やかな冬日和、大川には雪見舟も繰りだし、人々はすっかり江戸の雪景色に馴染んでいる。

午後になり、ひなた屋ではふたたび、若いふたりの門出を祝う催しがもたれた。

大和屋惣兵衛が念仏鳥かもしれないというはなしは、若いふたりには報されていない。

知っているのは、先日居合わせた四人だけだ。

蔭間の京次も馬医者の甚斎も知らず、深川の隠居屋敷からやってきた備後屋義右衛門も知らない。

辻占のおことなどは、若いふたりのことをしきりに羨ましがっていた。

加藤と紋蔵は黙りこみ、ひたすら酒を呑んでいる。

刻々と近づく無情な運命を、冷静に待ちかまえているかのようだ。

「遅えな、肝心のおとっつぁんは、いつになったら来るんだ」

馬医者が誰にともなく毒づいた。

「ふたりの仲をみとめたんじゃないのかい」

蔭間も口を尖らせる。

たしかに、おふくはひと肌脱いだ。

盗人騒ぎもおさまったころ、大和屋へおもむき、主人の惣兵衛と膝詰めではなしあったのだ。

最初のうちは聞く耳をもたなかった惣兵衛も、仕舞いにはおふくの執念に負けた。

ふたりの仲をみとめ、今日の前祝いにも顔を出すからと約束してくれた。

ただ、おふくには、三九にだけ告げていることがあった。

「加藤さまも、是非、お呼びしてほしい」

と、惣兵衛が別れ際につぶやいたのだ。

呼ぶ気はなかったので、おふくが仕方なしにうなずくと、惣兵衛は力無く微笑んでみせた。

その微笑みの意味は、いまだによくわからない。

もしかしたら、盗人であった素姓を告白し、罪を償うつもりなのではあるまいか。

それを証拠に、惣兵衛はおもいきった手段を講じていた。

娘と婿に継がせるべき店を、あっさりたたんでしまったのだ。

表向きは「厳しいお沙汰をお受けした以上、のうのうと商いをつづけていけない」という理由だった。惣兵衛は奉公人たちに給金を払い、裸一貫からはじめると、知りあいや取引先に触れてまわっていた。

そのはなしを聞いたとき、おふくも三九も言い知れぬ不安に駆られた。

惣兵衛は因縁のある加藤の面前で、すべてを洗いざらいぶちまけるつもりなのではあるまいか。

愛娘に迷惑が掛からぬよう、身辺を整理したのだと、三九はおもわざるを得ない。

「潔い御仁だぜ。あれだけの大店をたたんじまうんだからな」

甚斎は賛辞をおくりつつも、首をかしげる。

「おれなら、店にしがみついてでも離れねえけどな」

そうしたやりとりに耳をかたむけながらも、おそでは何やら幸せそうだ。

隣に立つ清吉といっしょになることができれば、店のことはどうでもよいのだろう。

いずれにしろ、おそでが父親の決めたことに文句を差しはさむはずもなかった。

やがて、外が暗くなり、ついに、そのときはやってきた。

大和屋惣兵衛が、ひなた屋へあらわれたのだ。

先日とは異なり、黒紋付きを纏い、手土産まで抱えていた。

「これは、いつもお世話になっている女将さんへ」

「あら、『金沢丹後《かなざわたんご》』の煉《ねり》羊羹ですね。高価なお品をありがとう存じます」

「いやいや、つまらぬもので」

惣兵衛は蒼褪《あおざ》めた顔で一礼し、若いふたりに笑みをおくる。

そして、床几の片隅に加藤をみつけ、まっすぐに歩みよった。

「納豆の旦那、おひさしぶりでやす。あっしを、おぼえておいでですかい」

惣兵衛は口調までがらりと変え、そんなふうに切りだした。

おもわず、おふくは手にした鍋を土間に落とす。

「うわっ」

けたたましい音に、みな、飛びあがった。

加藤だけは、黙然と盃をかたむけている。

静けさが戻ると、惣兵衛はつづけた。

「水臭えなあ。おわかりなんでやしょう。へへ、旦那に逢えてよかった。いつか、こんな日が来る予感はあったんだ。廻り方にこの人ありといわれた加藤鉄之進のお縄になるんなら、何ひとつ悔いはねえ」

ごくっと、おふくは唾を呑む。

三九と紋蔵は、声も出せない。

若いふたりも、ほかの連中も、わからないなりに、事の重大さを承知していた。

「さ、旦那。手っとり早くお願えしやす」

座ったままの元同心に向かって、惣兵衛は両手を差しだす。

――それでも、見逃さないって仰るの。

おふくの吐いた台詞が、三九の脳裏を駆けめぐる。

みなの眼差しが、元同心の口許に集まった。

加藤はおもむろに顔を持ちあげ、にっと前歯を剝く。

「大和屋のご主人、出すのは右手だけでいい」

「えっ」

戸惑う惣兵衛の右手に、加藤は空にした自分の盃を持たせてやる。

そして、温くなった酒をたっぷり注いだ。

「さ、呑みねえ。ぐっとな」

まじないでも掛けられたように、惣兵衛は盃をかたむけた。

空になった盃に、こんどはおふくが酌をする。

「お熱いのを、おひとつどうぞ」

「……お、女将さん」

惣兵衛はことばを失い、顎をわなわなと震わせる。

おふくはえくぼをつくって微笑み、加藤にさきを促した。

「旦那、大和屋さんに言いたいことがおありなら、仰ってくださいな」

「あいよ」

加藤はうなずき、にっこり笑いかける。

「大和屋さん、冗談が過ぎるぜ。でえじな娘を他人にくれてやるからといって、自分を見失っちゃならねえ。おめえさんはもう、充分に償いなさった。こんな立派なお嬢さんを育てたんだからなあ。備後屋のご隠居も心配して深川からみえていることだし、野暮なはなしは抜きにしよう。ほれ、ふたりの門出を祝ってやりな」

じゅるっと、惣兵衛は洟水を啜る。

加藤は、おふくのほうに顔を向けた。

「女将さん、大和屋の旦那に根深汁を出してやってくれねえか」

「承知しておりますよ」

おふくは、水と昆布を鍋に入れて火に掛けた。そのあいだに、千住の葱を手際よく輪切りにしていく。火に掛けた鍋の表面に泡が立ってきたのをみて、昆布を取り、煮たつまえにこんどは鰹節をくわえる。ひと煮立ちしたら火を止め、灰汁《あく》を取って漉《こ》した出汁で赤味噌をのばし、裏漉ししてできた味噌汁が煮立つ直前で葱を入れた。

あっというまに、天下一品の根深汁ができあがる。

とんと置かれた椀を手に取り、惣兵衛はひと口啜った。

「……こ、こいつあ美味え。女将さん、ありがとう」

心の籠もった感謝のことばを聞き、おふくが手踊りをやりはじめる。

「あ、ちょちょいのちょい。てんてっとん、てとすととん。ちょんきなちょんきな、ちょんちょんきなきな……」

妙な節まわしで口三味線を奏でつつ、ほっそりした白い手を交互に突きだし、ゆるゆると泳がせ、小首をかしげては指先で誘うような仕種をする。

「へへ、浮かれてやがる」

紋蔵がまっさきに手踊りをまね、馬医者も蔭間も辻占も、物書きまでが楽しげに踊りだす。

笑いとともに、見世に活気が戻った。

若いふたりはみなに祝福され、盛んに照れている。
やがて、ふたりも踊りの輪にくわわった。
娘の父親もぎこちなく踊りだしたが、顔は涙でびしょびしょに濡れている。
「さあ、旦那も」
加藤も見よう見まねで、無骨なからだをくねらせはじめた。
自然と湧いた笑いは、人と人とのわだかまりを水に流してくれる。
これでよいのだ。世の中には、そっとしておくべきこともある。
すべての罪を覆いかくすように、雪はしんしんと降りつづいた。

ふたたびの春

井之蛙亭三九は筆がすすまないのを理由に、今日もひなた屋に入りびたっている。

招き猫代わりの三毛猫を抱き、心地よい温もりに微睡みながら、おふくの立ち姿を眺めるともなしに眺めているのだ。

家々の屋根も雪の衣をかぶった師走《しわす》、ひなた屋にめでたいことがあった。

おふくの誘いで、おはつが久しぶりに訪ねてきたのだ。

「蕗はまだ出ていないけど、春の便りならあるよ」

侘助《わびすけ》の飾られた床几の奥から、若いふたりが顔を出す。

「あっ」

おはつは息を呑んだ。

無理もあるまい。

若いふたりとは、じつの息子の清吉と許嫁のおそでだった。

おはつは拠所《よんどころ》ない事情から、二十一年前に乳飲み子を捨てた。

その子を拾って育ててくれたのが、今は隠居となって深川に住む備後屋義右衛門だった。

捨てたことを後悔しながら、それでもあきらめきれずに生きてきた。

何の因果か、小作人の双親から自分を買った女衒に教わったこの見世で、捨てた子とめぐりあうことになった。

清吉という名は、おはつが付けた名ではない。

が、あきらかに、清吉はおはつの子であった。

ただ、ふたりはまだ名乗りあっていなかったし、そうした機会は一生訪れまいと、おはつはおもっていた。

どこの世に、自分を捨てた母親に会いたいと願う子がいるだろうか。

恨みと憎しみだけが募り、けっして再会したいとはおもわぬだろう。

ましてや、母子で名乗りあうことなど、夢のまた夢にちがいない。

成長した子のすがたを遠くから眺めるだけで、おはつは満足だった。

もちろん、おふくも、おはつの気持ちは知っている。

知っているだけに、どうしても、夢を叶えてやりたかった。

それゆえに、頃合いを見計らって、清吉とおそでにそれとなく事情をはなしておいたのだ。

子を捨てた母親にも、他人に言えない深い事情があった。清吉は幼いころから、義右衛門にそのことを諭されていた。だからであろう。母親との再会を心底から望み、喜んで了承してくれた。

とはいえ、一抹の不安はある。

清吉の顔をみた途端、おはつの心は激しく揺れるにちがいない。

邂逅させてしまうことで、かえって母と子の溝は深まるかもしれない。

だが、すべては杞憂《きゆう》に終わった。

許嫁のおそでが、おはつの気持ちを溶かしてくれたのだ。

「おっかさん、お初にお目にかかります」

満面の笑みで酌をすると、おはつは震える手で盃をかたむけた。

「……ご、ごめんよ、清吉……ほ、ほんとうに、ごめんよ」

滂沱《ぼうだ》と涙を流す母親の肩を、清吉はそっと抱きしめた。

「おっかさん、ありがとう。迎えにきてくれて、ありがとう」

たまらず、おふくも三九も貰い泣きしてしまう。

心の奥底に仕舞っておいたおもいが、一気に吐きだされた瞬間だった。

温もりは長いときの空白を埋め、涙はすべてのわだかまりを浄化してくれる。

「顔をみれば、わかりあえる。やっぱり、母子なんだね」

おふくはしみじみとこぼし、三人に食べさせるつもりなのか、輪切りにした大根を鍋で煮はじめた。


師走は何かと忙しい。

母と子が邂逅を遂げた翌日、三九がのらを膝に抱いて明樽に座っていると、心中をし損なった男と女がひなた屋へ逃げこんできた。

男は長八《ちょうはち》といい、備後屋義右衛門に勘当された放蕩息子だった。

女はおみの、元辰巳芸者だ。

おみのは、富沢町に一家を構える勘太郎の妾《めかけ》でもある。妾を掻っ攫《さら》われた勘太郎の怒りはたいへんなもので、おふくも以前から長八の身を案じていた。

「それにしても、心中だなんてね。まるで、芝居の筋書きみたいだよ」

おふくは理由も聞かずにふたりを奥座敷に匿い、居合わせた蔭間の京次と辻占のおことに低声で喋りかけた。

京次が、心配そうに四角い顔を寄せてくる。

「大川に飛びこんだんだってね。よくぞ、凍え死ななかったもんだよ」

「たまさか通りかかった小舟に拾われたのさ」

と、おふくが応じる。

「その足で逃げてきたってのかい」

「ええ」

「運が良かったんだか、悪かったんだか。若旦那のほうは、頭から血を流していたじゃないか」

「小舟の縁《へり》にぶつけたらしいよ」

「ふん、間抜けだねえ。どっちにしろ、追っ手にみつかったら、ただじゃ済まないよ。重ねておいて四つにされても、文句は言えないんだから」

京次が溜息を吐くと、辻占のおことが口を挟んだ。

「でもさ、妾を奪われるほうにも落ち度があるんじゃないの。一家を束ねる親分なら、好きあったふたりをいっしょにさせてやるくらいの度量が欲しいものさ」

おふくも客たちも、おことの顔を意外そうにみつめる。

勘太郎はおことの実の父親だった。たとえ悪口であろうとも、娘が大嫌いな父親のことを口にしたためしはなかったからだ。

そういえば、勘太郎の手下になっている仁平次も、このところ顔を出していない。

「あんた、向こう傷のお兄さんにまだ惚れてんのかい」

京次に水を向けられ、おことは頬を赤らめる。

「うふふ、この子ったら、南天《なんてん》みたいに赤くなったよ」

そうした会話を交わしていると、表からくしゃみがひとつ聞こえてきた。

「ほうら、噂をすれば何とやら。色男のご登場だよ」

身構えたところへ、大柄の仁平次が飛びこんでくる。

「あら、ずいぶんご無沙汰だこと」

おふくが平静を装って声を掛けても、仁平次はこたえない。

鋭い眸子《まなこ》で見世の奥を窺い、鼻をひくひくさせる。

ふと、立ちどまり、床几の端を指で拭った。

拭いとったのは、固まった血のようだ。

長八の血にまちがいない。

「やっぱりな」

ドスの利いた声で吐きすて、仁平次はおふくを睨みつける。

「いるんだろう」

隠しても仕方ないとおもったのか、おふくは身に纏った弁慶格子の着物の胸を張り、ひらきなおってみせた。

「いたらどうだってんだい。心中までしかけた男と女の仲を引き裂こうってのかい。ふん、無粋《ぶすい》なまねをするんじゃないよ」

「無粋だろうが何だろうが、そいつがおれの役目だ。ふたりを渡してもらおう」

「嫌だと言ったら」

「言わせねえ」

奥へ踏みこもうとする仁平次の行く手に、小柄なおことが立ちはだかった。

濃い紫の裾に蝙蝠《こうもり》の乱舞する着物が乱れに乱れ、仁平次が纏った茶千筋の着物に絡みつく。

「待って。仁平次さん、お願い。見逃してあげて」

「できねえな」

「どうしても」

「それなら、わたしを匕首で刺してから行って」

おことは毅然《きぜん》と言いはなち、くいっと胸を張る。

仁平次は舌打ちをし、太い腕で退けようとした。

「お願い。お願いだから、酷《ひど》い仕打ちはやめて」

おことは仁平次の袖に縋りつき、振りはらおうとしても食らいつく。

まるで、子犬がじゃれているようだが、おことは必死だった。

「……あ、あんたに、そんなまねはさせない。してほしくない。やめて、後生だから」

おふくも京次も呆気にとられ、ことばを発するのも忘れている。

仁平次はすっと身を離し、敷居のそばまで後退った。

「厄介なやつだぜ」

ぺっと唾を吐きすて、蝙蝠のように袖をひるがえす。

おことは土間にへたりこみ、京次に助けおこされた。

「あんた、偉いよ。よくやったね。わたしなんざ、震えが止まらないよ」

おふくの注いだ熱燗を呑み、おことは落ちつきを取りもどす。

「仁平次ってのも、哀れな男だね」

と、京次がまた溜息を吐いた。

「島送りになっているあいだ、病がちな弟の面倒をみてもらったからって、勘太郎親分に義理を感じているんだよ。どんなに理不尽なことでも、命じられれば涼しい顔でやってのけるのさ」

おことは、泣き顔になる。

「京次さん、お願いだから、仁平次さんのことを悪く言わないで」

「悪口なんかじゃないさ。親の稼いだ金で放蕩をかさね、あげくのはてに心中しそこなった若旦那とくらべたら、よっぽど向こう傷のお兄さんのほうがちゃんとしている。そうおもうよ。でもね、世間の同情をひくのは、奥にいるふたりのほうさ。そいつも何だか、妙なはなしにおもえてきた。どっちにしろ、ひなた屋で匿っているってことは知られちまったよ」

「仁平次さんのことだ。余計な告げ口はしないさ」

「あんた、よっぽど、あいつにほの字なんだね」

おことはこたえず、俯いてしまう。

さきほど感情をさらけだしたのが嘘のようだ。

京次は床几に両手をつき、おふくに詰めよる。

「姐さんは、どうするの。あのふたりを置いとくつもりかい」

「窮鳥懐《きゅうちょうふところ》に入れば猟師も殺さずさ」

「ふん、難しいことを言いやがる。さすが、俠気で鳴らすひなた屋の女将だ。でもいったい、この急場をどうやってしのぐつもりなんだか」

おことが顔を持ちあげ、声に力を込めた。

「わたしが、あのひとに掛けあってみる」

「あのひとって、勘太郎親分かい。まさか、阿漕なおとっつぁんを許してやるかもってこと」

京次が問うても、おことの返事はない。

「許す気なんてないくせに。自分の気持ちに嘘を吐いてでも、心中しそこなった者の肩を持とうってのかい。どうして、そこまでやってあげなきゃならないのかね」

おことにとっては、きっかけにすぎないのかもしれない。

本心では、父親と和解したいのではあるまいか。

三九は、そんなふうにおもった。

へっついに掛けた羽釜が、白い湯気を吹いている。

大皿のうえには、真っ赤な猪《いのしし》の肉が並べられていた。

「ぼたん鍋だよ。精をつけてもらおうとおもってね」

牛蒡《ごぼう》や葱や旬の野菜とともに小鍋で煮立て、炊きたての白米で食べてもらおうという趣向だ。

「ぼたんは煮れば煮るほどやわらかくなる。牛蒡も葱も、猪の脂でやわらかくなるんだよ」

猪の脂身は大根との相性もよく、大根煮は三九も一押しのひと品だ。

俎板《まないた》のそばには抜かりなく、沢庵漬けにもする晩生《おくて》の練馬大根が置いてあった。

常連はひとり増え、馬医者の甚斎が京次を急かして事情を聞いたところだ。

「へへ、久しぶりの薬食《くすりぐ》いだぜ」

「ふん、馬も猪を食うのかい」

蔭間に皮肉を言われて口喧嘩になりそうなところを、おふくが手で制する。

「あんたら、ちょいとうるさいよ」

一方、長八は追っ手から守ってもらったことを知り、涙ながらに心中の経緯を語りはじめた。

「おみのとふたり、赤い帯締めで手首を結びあい、大橋の欄干に片足を掛けました。そこまでは、おぼえております。やっとふたりで死ねるとおもったら、とても幸せな気分になり……そこからさきは、おぼえておりません。凍てつく川に飛びこむや、頭がきいんとなって、隣で必死にもがくおみのを目にし、この世への未練がむっくり迫《せ》りあがってまいりました」

大量の水を吞みながら、気づいてみれば「死ぬな、死ぬな」と叫んでいた。

たまさか通りかかった小舟に拾われ、その足で寒空のしたを当《あ》て処《ど》もなく歩き、芳町の露地裏に迷いこんだ。ふと、目をあげたら、ひなた屋の赤提灯が誘いかけるように揺れていたのだという。

「涙がぽたぽた落ちてきました。この見世は、子どものころ、おとっつぁんに手を引かれてやってきた一膳飯屋にちがいない。そうおもったら、生きる気力が湧いてきて……女将さんにつくっていただいた味噌汁の味、生涯忘れません」

おみのも、かたわらで涙ぐんでいる。

おふくは仕込みの手を止めず、諭すように言った。

「ご隠居がふたりをここへ導いてくだすったのさ。感謝しなくちゃいけないよ」

備後屋の隠居にどうやってはなしをもっていくか、そこが思案のしどころだ。

長八が声を落とす。

「恥ずかしながら、わたしは勘当の身、おとっつぁんに赦《ゆる》しを請うどころか、逢うことすらできない。おとっつぁんと呼ぶだけで、叱られてしまいます」

おふくは、まっすぐに長八をみた。

「おもいきって、逢ってみれば」

「えっ」

「面と向かってきちんと謝れば、わかってくれるかもしれないよ」

「無理というものです。わたしはこれまで放蕩をかさね、おとっつぁんを裏切りつづけてまいりました。今さら、まっとうになると謝ったところで、信じてもらえるはずがない。おみのとのことも許してもらえるとは、とてもおもえません」

信じてもらうためには、並々ならぬ努力がいる。地道に暮らしながら、信心深く善行をかさね、何年もの歳月を要したのちに叶うはなしであろう。

「おまえさん、いくつになったんだい」

「二十七です」

「いい歳だね。おまえさんだって、他人様に言えないほどの苦労を味わってきたんだろう。風体をみればわかるさ。お金も無しにうらぶれて、生きるためには、おみのさんに甘えるしかなかった。それが情けなくて口惜しくて、飯炊きやら番太郎やら女郎屋の消炭《けしずみ》までやったって噂も聞いたよ」

そうした噂は、ご隠居の耳にもはいっている。

「歳を取ってからできた子だから、甘やかして育てたのがまずかった。責めを負わなきゃならないのは親のほうだってね、義右衛門さんはいつもご自身を責めていなさるんだよ」

「ま、まことですか、それは」

「まこともまこと、おおまことさ。今からなら、まだやり直しはきく。その気があるんなら、手助けは惜しまないよ」

おふくはぽんと胸を叩き、おみのに向きなおる。

「おまえさんは、どうなんだい。勘太郎親分ときっぱり切れて、こちらの若旦那と地道にやっていく心構えはあるの」

「それが叶うものならば、心の底からそうしたい。もう一度、長八さんと生きなおしてみたい」

「信じていいんだね。おまえさんだって、みの吉《きち》の権兵衛名《ごんべえな》で芸を売った辰巳芸者の端くれだろう。ひとたび約束したことばには千鈞《せんきん》の重みがあるってことは、わかっているはずだね」

「はい、承知しております」

「そうかい。なら、それでいい。これで、はなしは仕舞いだよ。さあ、ぼたん鍋でもおあがり」

三九の目には、いつにもまして、おふくが輝いてみえる。

若いふたりは遠慮がちに小鍋を突っつき、猪肉に舌鼓を打ちはじめた。

するとそこへ、さらなる厄介事が持ちこまれてきた。

寒風とともに紛れこんできたのは、備州浪人の稲垣卯十郎だ。

「あら、赤鰯の旦那。お久しぶりじゃござんせんか」

稲垣は明樽に座るなり、深い溜息を吐いた。

おふくは手早く燗をつけ、口取りの肴をこしらえる。

稲垣は妹の仇を捜しつづけ、五年も酒を断っていた。

禁を破った途端、うわばみのように呑みはじめたのだ。

酌をするおふくの仕種も、どことなく遠慮ぎみだった。

「ちと困ったことになった」

「わたしでよかったら、ご相談に乗りますよ」

「五六三親分から、厄介な仕事を仰せつかった」

「まあ、阿漕な地廻りの親分と、まだ切れていなかったの」

「腐れ縁でな」

辻斬りの下手人だった五六三の元用心棒を負かしたのが縁で、新しい用心棒として雇われたのだ。食うためだから仕方がないとはいえ、ひなた屋の常連たちからは白い目でみられている。

「女将さんに愚痴るのも何だが、ほかに聞いてもらえる相手もおらぬ」

「胸の裡《うち》に仕舞っておくのが、お辛いのでしょう。誰にだって、そういうときはありますよ」

「なら、聞いてくれ」

「はい、何なりと。でも、そのまえに、お口が滑らかになる妙薬を」

おふくは袂を腕に巻きつけて銚釐を持ち、袖を摘んで酌をする。

稲垣は盃を呷り、哀しげに眉を寄せた。

「美味いな」

「満願寺《まんがんじ》の下り物ですよ」

「ほう、わしにはもったいない酒だ」

「何を仰いますやら。さ、仰ってくださいな」

「じつはな、勘太郎親分の命を頂戴せねばならぬ」

「えっ……ま、まさか、お請けになったの」

「用心棒なら、請けずばなるまい。断れば、ただの金食い虫になりさがる」

「でも、それって人斬りでしょう」

「まあ、そうなるな」

「人を斬ったらどうなるか、おわかりなんですか」

「ふむ。捕まれば、打ち首獄門は免《まぬか》れまい」

「それでも、やると仰るの。莫迦みたい」

ほかの連中もうなずいている。

稲垣は床几を眺めわたし、投げすてるように吐いた。

「侍とは、そういうものさ。莫迦なことを平気でやり、わけもわからずに死んでいく。とは申せ、相手もあることだしな。ちと、心が痛い。何よりも、ひなた屋の酒が呑めなくなるのが辛い」

赤鰯は他人事のように漏らし、尖らせた口を盃に近づけた。


妙案も浮かばぬまま、何日か過ぎた。

江戸の町では煤《すす》払いがおこなわれ、寺社の境内では正月の縁起物を売る歳《とし》の市《いち》が賑やかにはじまっている。

門松に注連《しめ》飾り、橙《だいだい》に海老に御神酒《おみき》徳利まで、縁起物は値切らないのが江戸者の定法だが、景気の良い香具師《やし》たちの売り口上と嬶《かか》ぁどもの値切る声がそこらじゅうから聞こえてくる。

隣の芝居町は三座の芝居納めなので、華やかに着飾った娘たちが溢れていた。

鳥の目でみれば、まるで、雪道に深紅の寒椿が散ったような光景だろう。

陽はまだ高い。

ひなた屋では蒼白い顔の若者が絵筆を銜《くわ》え、おみのの顔を描いていた。

仁平次の弟、余吉だ。

貧乏長屋から連れだしたのは、辻占のおことだった。

「たまには、外の空気を吸わせてあげなきゃ」

長いあいだ陽に当たってはいけないと、医者に外出を止められている。それゆえ、なかば強引に連れてきたが、余吉本人は気に留めるふうでもなく、黙々と絵筆を走らせている。

三九は絵に魅入られていた。

糠床《ぬかどこ》を掻きまぜていたおふくは、絵を覗きながら不安げに問う。

「おことちゃん、仁平次さんには内緒なんだろう。みつかったら、ちょいとまずいことになりやしないかい」

「平気よ。みつかりっこないから。仁平次さんは暗くなるまで長屋に帰ってこないし、余吉にも黙っているように言ってあるから」

親しげに「余吉」と呼びすてにするあたりが、思い入れの深さを感じさせる。引っ込み思案なおことにしては、ずいぶん大胆なことをするものだと、おふくは呆れていた。

「それにしても、どうして連れてきちまったの」

「わたしにだって、よくわからないよ」

筮竹《ぜいちく》で占ったら、恋情を寄せる相手の弟に強運が宿るという目が出た。

おことは矢も楯もたまらなくなり、貧乏長屋へ足を向けたのだという。

「神頼みってわけかい」

「女将さんだって、神仏に祈りたい気分でしょう」

「まあね」

何もかも、うまくいっていない。

長八とおみのを預かっているはなしは、すでに、深川の隠居に伝えてあった。隠居の義右衛門からは「すぐに追いだしてほしい」と、つれない返事があっただけで、それからは梨の礫《つぶて》だ。長八に告げることもできず、まごまごしているところだった。それに、あの夜以来、仁平次があらわれないのも気に掛かる。

さらに、稲垣卯十郎のこともあった。人斬りだけはやめてほしいと半泣きで頼んでみたものの、やらないという確約が得られたわけではない。

夕の七つになっても、余吉は絵筆を置こうとしなかった。

音《ね》をあげたのは、おみののほうだ。

「もう、堪忍しとくれ。お腹が空いて仕方ないよ」

悲鳴を聞きつけ、奥から長八が顔を出す。

すっかり元気を取りもどし、髷も鬢付け油で光らせていた。

「おっ、世辞《せじ》抜きに上手い絵だ」

絵を覗きこみ、長八は相好をくずす。

余吉は十六のはずだが、痩せているせいか、ずいぶん幼くみえた。強面の仁平次とは、似ても似つかない、優しげな面立ちをしており、長屋に居るときも日がな一日絵を描いて過ごしているらしかった。

おふくはそんな余吉のために、おみのを描いたらどうかと薦めたのだ。

さすがに元辰巳芸者だけあって、濡《ぬ》れ鴉《がらす》色の羽織を着せたら、みちがえるほど艶っぽくなった。

「さすが、みの吉姐さんだ。黒羽織を纏えば、きりりしゃんとしちまう。余吉は辰巳芸者なんぞ、生まれてこの方目にしたこともないだろうからね、ご覧のとおり、筆の運びも滑らかさ」

「まったく、惚れ惚れするような絵だな」

長八は、余吉の隣から離れようとしない。

金を使って遊んできただけあって、絵の良さがわかるのだ。

「こいつは歌麿を超える。北斎《ほくさい》も広重《ひろしげ》もかなわない。いいや、御用絵師だって足許にもおよばない。下手すりゃ、実物より絵のほうがいい女だぞ」

「おまえさん、そいつは贔屓のしすぎじゃないのかい」

おみのは、けたけた笑った。

いちばん喜んでいるのは、きれいに描いてもらった張本人なのだ。

和やかに会話を交わすふたりに、おふくは目をほそめた。

「おまえさんたち、やっと笑ったね」

「あっ、ほんとうだ」

笑いは憂さを忘れさせる。

杏子《あんず》色の夕陽が西にかたむいたころ、余吉はおことに導かれて帰っていった。

色までつけた美人画を何枚か並べて壁に飾ると、見世のなかは花が咲いたようになった。

その夜、見世を訪れた客たちはみな、絵に魅入られてしまった。

「ほんとうに、すばらしいできばえね」

うっとりした顔で漏らすのは、のて者の佐紀である。

紫地に光琳《こうりん》磯馴《そなれ》松《まつ》の友禅を優雅に纏い、年季の入った明樽にちょこんと座っている。

元奥女中だけに、良いものを判別できる目を持っていた。

ことに、絵に関しては骨董商も一目置くほどの目利きらしく、余吉の画才をひと目で見抜いてしまった。

「からだの弱い子でやすがね、絵に注ぐ熱い気持ちだけは誰にも負けやせん」

紋蔵までが、自分のことのように口添えする。

「千代田の御城に飾る絵を描くのが、余吉の夢でやしてね。へへ、もちろん、叶わぬ夢だってことは、本人も充分に承知しておりやす。でえち、公方さまのところには、偉え御用絵師の方々がたくさんいらっしゃるのでしょう」

佐紀は微酔《ほろよ》い気味に小首をかしげ、絵を眺めながら応じた。

「そうねえ。たいていは、狩野《かのう》派の奥絵師四家が音頭を取って、襖絵《ふすまえ》や杉戸絵なんかを描くことになっておりますけど」

「そういった先生方のお弟子さんになるってのも、てえへんなんでやしょう」

「そうねえ、絵の才だけでは難しいかもしれないわね」

「やっぱり、袖の下がものを言うってわけでやすかい。どこもいっしょだな。貧乏長屋暮らしで、兄貴が島帰えりとくりゃ、最初から勝負にゃなるめえ。いいや、それでもかまわねえ。夢ってのは、叶わねえから夢なんだ。ちがいますかい。叶っちまったら、二度と夢をみることはできやせんからね」

紋蔵は同意を求めたが、佐紀はじっと黙っている。

憂いのあるのて者の横顔を、端からみつめている者があった。

元同心の加藤鉄之進だ。

おふくが、それに気づいた。

「あら、こちらの旦那、どうかしちまったのかね」

からかい半分に水を向けても気づかず、加藤は佐紀に見惚れている。

「おやおや、釘付けだよ。ひょっとして、岡惚れかい」

ひなた屋では、新たな恋が芽生えつつあった。

だが、肝心なことは何ひとつ片付いていない。


数日後、余吉の描いた絵が錦絵になり、市中で評判になった。

仕掛けたのは『尾張《おわり》屋』という日本橋通《とおり》油町《あぶらちょう》の版元《はんもと》で、はなしを持ちこんだのは、誰あろう、物書きの三九だった。

ただし、版元には絵師の素姓を告げていない。

余吉のからだや仁平次のことを慮《おもんぱか》ってのことだ。

版元は「絵師の素姓を教えろ」とせっついたが、三九は柳に風と受けながした。それなら、どうして錦絵にしたのかと問われても、はっきりと返答できない。余吉の才能を埋もれさせておくのが忍びなかったし、いずれは、余吉の名を世にひろめたいという願いもあった。

世間では、絵に描かれた辰巳芸者のことも話題にのぼり、男どもは美人番付の上位にくるにちがいないと囁きあっている。だが、こちらも、素姓を明かすわけにはいかなかった。勘太郎にばれたら、たいへんなことになる。

ひなた屋ではこの夜、鯨汁がふるまわれた。

江戸では年末の大掃除のあと、行商から塩鯨を買って味噌汁にする習慣がある。ゆえに、ひなた屋でも師走のなかばからは毎晩のように鯨料理が出され、それを目当てにやってくる呑兵衛たちもいた。

「大晦日《おおみそか》が恐いよ」

おふくが顔をしかめる理由は、債鬼どもが半季分の掛けとり代金を集めにくるからだ。節分の厄除けで豆を撒《ま》いたり、焼いた鰯の頭を柊《ひいらぎ》の枝に刺して軒に吊すのも、債鬼どもを寄せつけぬためのまじないだが、効力を発揮したためしはない。

いつもは大盤振る舞いの女将も、歳の瀬が迫ってくると財布の紐を締める。肴も品数が減り、安価な鯨などを煮たり焼いたり汁にしたり、工夫を凝らしてごまかすようになった。

客たちは、すべて承知でやってくる。高価な肴はなくとも、気っ風の良い女将の笑顔を肴にすれば、酒もすすんだ。

ひなた屋には、今宵も笑いが溢れている。

ただ、誰もが淋しさを抱いていた。

理由はわかっている。

余吉を呼ぶことができないせいだ。

「いっそ、仁平次さんに事情をはなそうか」

おふくがみなの気持ちを代弁すると、見世のなかは静まりかえった。

仁平次が一筋縄でいかぬ男であることなど、わかりきっているからだ。

音もなく降りつづく雪が、みなの心を底知れぬ闇に導いていく。

沈黙の重さに耐えかねたころ、嵐のように躍りこんでくる者があった。

「うっ」

おふくが声を失った。

仁平次だ。

銀鼠《ぎんねず》地にかすれ唐草模様を型抜きした小粋な着物を纏っている。

大股で壁に歩みより、何をするかとおもえば、余吉の描いた絵を引きちぎった。

客たちを睨《ね》めまわし、腹の底から怒鳴りあげる。

「てめえら、余計なことをするんじゃねえ」

くしゃくしゃに丸められたのは、絵に魅入られた者たちの心だ。

路考茶《ろこうちゃ》の渋い羽織を着たおことが立ちあがり、仁平次に食ってかかった。

「みんなは悪くない。わたしがやったんです。わたしが弟さんを連れだし、おみのさんを描いてほしいって頼んだんです」

「何だと」

鬼の形相で脅しつけられても、おことは歯を食いしばって耐えつづける。

それどころか、果敢にも言いかえしてみせた。

「あんたは一日じゅう、余吉を長屋に閉じこめている。からだが弱いのなら、なおのこと、おひさまに当たらなくてどうするの。弟をずっとほったらかしのあんたなんかに、余吉が魂込めて描いた絵を破ることなんてできないんだからね」

仁平次は、ぐっと怒りを呑みこんだ。

おことに痛いところを衝《つ》かれたのだ。

炯々《けいけい》と光る眸子《まなこ》を伏せ、重々しく吐きすてる。

「他人の憐れみは受けねえ。おれたち兄弟は、ずっとそうやって生きてきた」

「だったら、どうして、勘太郎なんぞの世話になっているの」

「親分とは、貸し借りで繋がっている。憐れみを請うたことは、一度もねえ」

ふたりの真剣なやりとりは、ほかの連中に口を挟む余地を与えない。

「ねえ、お願い。弟を縛りつけないで」

「うるせえ、黙りやがれ」

握った拳を頭上に振りあげ、仁平次は前歯を剝いた。

おことは小鼻をひろげ、小さな顎を突きだす。

「撲ってよ。それで気が済むんなら、何発でも撲って」

誰もが息を呑んだ。

おことの迫力に気圧《けお》されたのだ。

仁平次は拳をおろし、眉間の向こう傷をひくつかせる。

「二度とかまうんじゃねえ。こんど余吉を連れだしたら、ただじゃおかねえからな」

捨て台詞を残し、見世から飛びだしていった。

「待って」

おことが、その背中を追いかける。

常連たちも、糸でつられるように外へ出た。

「うっ」

向こう傷の仁平次が、仁王のように佇んでいる。

辻のほうをみやれば、浪人がひとり近づいてきた。

ひょろ長いからだつきに、うらぶれた風体。

稲垣卯十郎にまちがいない。

「あっ、赤鰯の旦那」

おふくが、軒下で叫んだ。

稲垣は五六三の指図を受け、勘太郎の命を狙っている。

勘太郎の子飼いである仁平次と、いずれは角突《つの》きあわせるにちがいないという予感はあった。

ふたりの間合《けん》いは縮まり、殺気が膨《ふく》らんでいく。

稲垣は二間手前で立ちどまり、険しい顔で仁平次を睨みつけた。

「おぬし、勘太郎の飼い犬か」

「そういうあんたは、五六三の用心棒だろう」

「こんな凍てつく晩に、おめえと出くわしちまうとはな」

「ふふ、地獄の閻魔《えんま》が引きあわせたのかもしれねえぜ」

「仁平次とやら、おぬしに恨みはない。されど、ここで遭ったが百年目」

「そいつは、こっちの台詞だよ」

稲垣は刀の柄《つか》に手を添え、仁平次も懐中に呑んだ匕首を握りしめる。

まさに、一触即発とはこのことだ。

「やめとくれ」

おふくが黒塗りの駒下駄で雪を踏み、ふたりのあいだに割ってはいった。

「ひなた屋のまんまえで、命の取りあいなんぞやめとくれ」

わずかな沈黙が流れ、稲垣がすっと肩の力を抜いた。

「女将さんに言われたら、引きさがるしかあるまい。ではな、またいずれ」

こちらに背を向け、鼻歌を歌いながら遠ざかっていく。

仁平次も懐中から右手を抜き、ゆっくり歩きだした。

三九もほかのみなも、ほっと胸を撫でおろす。

とりあえずの危機は去ったものの、二度目がないとは言いきれない。

「まったく、いい加減にしてほしいよ」

おふくは冷たい掌をかさね、何度も白い息を吐きかけた。


余吉は、秘かに杉戸絵を描いていた。

長屋の近所にある寺の和尚に頼み、宿坊脇の炭置小屋を借り、半年も掛けてこつこつと、戸板に聖観音を描きつづけてきたのだ。

顔料などは、和尚に工面してもらった。

和尚は当然のごとく、寺の杉戸になるものとおもっていたので、そうした道具や顔料をけちらずに与えてくれた。

そうした協力もあって、つづけられたのだとおもう。

和尚も、余吉の才能を見抜いていた。

おことは足繁く長屋を訪ね、そのことを知った。

余吉本人から「杉戸の観音さまができあがった」と聞き、元奥女中の佐紀を誘って絵を観にいったのだ。

「佐紀さまの眼鏡《めがね》に適うようなら、お城に飾っても恥ずかしくないでしょう」

おことは、余吉の夢をあきらめていなかった。

「それで、いかがでした。佐紀さま」

おふくに問われ、佐紀はじっくりうなずいた。

「すばらしいできばえにござりました。お城には数々の襖絵や杉戸絵も飾られておりますが、余吉どのの描かれた観音さまはそれらとくらべても何ら遜色《そんしょく》はありません。むしろ、金泥《こんでい》や漆などで飾られた華美なものより、よほど胸に迫るものがござります。おそらく、観音さまの持つ慈しみの心を、よく理解しておられるからにござりましょう」

三九も床几の隅に座り、聞き耳を立てている。

おことが横から口を挟んだ。

「女将さんに言われて、長八さんも連れていったでしょう。おかげでね、九死に一生を得たのよ」

「どういうこと」

「じつはね、仁平次さんにみつかったの」

余吉にとって大きな杉戸絵を描くのは、命を削るほど辛いことでもあった。

だから、兄の仁平次には内緒にしていたのだ。

案の定、仁平次は杉戸絵のことを知った途端、逆上して寺へ押しかけ、杉戸を燃やそうとした。

「それで、どうしたの」

身を乗りだすおふくに向かい、おことは声を弾ませる。

「長八さんがね、からだを張って防いでくれたのよ」

「どうして、若旦那が。だって、仁平次さんにみつかったら、若旦那は無事じゃいられないはずでしょう」

おふくは、長八とおみのが拠《よ》る奥の部屋を窺った。

見世の客は、ほかに三九しかいない。

おことは修羅場をおもいだし、頰を紅潮させた。

「『この身はどうなってもかまわない。あんたの弟が命懸けで描いた絵だけは、どうか燃やさないでほしい』ってね、長八さんは見事な啖呵を切るや、燃えさかる焚き火のなかに飛びこもうとしたんだよ。そうしたら、気持ちが通じたみたいでね」

仁平次は絵を燃やさず、黙って寺から去った。

「長八さんがね、余吉さんの夢を守ってくれたの。その杉戸絵を、わたしはどうしても千代田のお城に飾りたい。余吉さんの夢は、わたしの夢でもあるのさ」

おことはおもいのたけを熱く語り、すでに、元奥女中の佐紀には智恵を拝借したことを告げた。

「佐紀さまは『難しいけれども、できないことはない』って、そう言ってくれたのよ」

千代田城内には何百という部屋があるから、小普請方《こぶしんかた》に頼めば何とかなるかもしれないという。

ただし、佐紀の出した条件はふたつあった。

ひとつは、関わりのある役人たちへ袖の下を配ること。

もうひとつは、自分たちの手で直に杉戸を納めること。

「どっちも難題だねえ」

おふくは溜息を吐いた。

しかも、苦労のすえに納められたとしても、公方の目には触れない公算が大きい。

たとえば、奥女中たちが使う厠《かわや》の杉戸になっても文句は言えないのだ。

いや、おそらく、そうなってしまうにちがいない。ならば、城ではなく、大勢の参詣人が目にする寺の杉戸に使ってもらったほうがよいのではないか。

余吉の描いた絵には、それだけの価値がある。

衆生《しゅじょう》にご利益《りやく》をもたらす力があると、佐紀は強調したらしい。

だが、寺に飾ったのでは、余吉の夢を叶えたことにならない。

「長八さんも言ってくれたのさ。余吉さんの夢に乗りたいってね」

なるほど、それでここ数日は生き生きとしているのかと、三九は合点した。


江戸の川筋には、菰樽《こもだる》を載せた荷船が行き交っている。

菰樽の中身は、上方から樽廻船《かいせん》で届けられた新酒だ。池田《いけだ》や伊丹《いたみ》、灘《なだ》から運ばれてくる下り物の新酒は、荒波に揉まれて香りやこくを増す。値は張るものの、もちろん、ひなた屋にも置いてあった。

行く歳の命もあとわずか、辻々には節季候《せきぞろ》と呼ぶ物乞いが繰りだし、ささらやでんでん太鼓を鳴らしながら踊りまわっている。

「ええ、節季ぞろえ、さっさござれや、さっさござれや、節季ぞろえ、まいねん

まいねん、毎年まいとし、旦那の旦那の、お庭へお庭へ、飛びこみ飛びこみ、はねこみはねこみ、ええ、節季ぞろえ、さっさござれや……」

正月用の引きずり餅の杵《きね》音が響くなか、ひなた屋に不幸な報せが届いた。向こう傷の仁平次が肩を落とし、げっそり窶れた顔であらわれたのだ。あまりの変わりように、おふくは掛けることばを失った。

「余吉が死んじまった」

仁平次は投げだすように言い、土間にひざまずいておんおん泣きだす。あまりの急なはなしに、見世に集った仲間たちは呆気にとられた。

余吉は血を吐き、日の出とともに逝った。

「いまわに、あいつは言った。絵筆を握らせてほしいと言いやがった。握らせてやったら……あ、あいつ、にっこり笑って……に、兄さん、ありがとうって……そ、そう言ったきり、あの世に逝っちまった」

穏やかな死に顔だった。

「……あ、あいつが杉戸に描いた観音さまみてえな顔で、静かに笑っていやがった」

ほかの連中も泣きだす。余吉の笑った顔が浮かんだのだ。

仁平次は媚び茶《ちゃ》の袖で涙を拭き、立ちあがって外へ出ると、軒下から杉戸を一枚持ちこんできた。

おふくは驚き、片手で口を覆う。

「……そ、それは」

「寺から奪ってきた。どうか、あいつの夢を叶えてやってくれ」

仁平次が深々と頭をさげると、おことが堪《たま》らずに嗚咽《おえつ》を漏らした。

京次も長八もおみのも、おふくも三九も、この場に居合わせた者たちはみな、涙を止めることができない。

と、そこへ、恰幅《かっぷく》の良い五十男がのっそりはいってきた。

地廻りの勘太郎だ。

「あっ、親分」

仁平次も驚く。

「よう、おめえのところに立ちよったら、ひなた屋へ向かったと聞いてな」

黒羽二重《はぶたえ》のしたに鼠小紋の小袖をぞろりと纏い、鬢付け油で髪をてからせている。布袋《ほてい》のような顔はとっつきやすくみえるものの、数々の修羅場をくぐってきただけあって、眼光は鋭い。

「余吉は残念だったな。おれだって哀しいぜ」

「……お、親分」

「何も言うな。はなしは外で聞かしてもらった。差し出がましいようだが、おれにも手伝わせてくれねえか。頼む」

頭を垂れる勘太郎のことを、不思議そうにみつめる目があった。

娘のおことだ。

黒目がちな眸子《まなこ》は、涙で濡れている。

勘太郎は娘から目を逸らし、頰を強張《こわば》らせる長八とおみのをみた。

おみのはまだ、勘太郎の囲い者なのだ。

「畳問屋の倅かい。寺の坊主に聞いたぜ。おめえさん、余吉のために火に飛びこもうとしたらしいな。身を捨ててこそ浮かぶ瀬もあれってな。見直したぜ。それだけの俠気があれば、おみのを幸せにしてくれるだろうよ」

「えっ」

長八は息を詰め、目を白黒させた。

勘太郎は肩をすくめ、おみのに流し目をおくる。

「おめえにゃ、ずいぶん嫌われたな。哀しいぜ。でもよ、おめえはやっぱり好い女だ。おれみてえな男にゃもったいねえ。そいつに、でえじにしてもらえ」

おみのは嗚咽を漏らし、長八は声をひっくり返す。

「それじゃ、わたしたちのことをお許しいただけるので」

「金輪際《こんりんざい》、おめえらのことなんざ知らねえ。勝手にすりゃいいさ」

勘太郎は度量の大きさをみせ、肥えた腹を突きだす。

誰の目にも、ずいぶんと無理をしているようにみえた。

「そうさ。おれはな、娘のまえで恰好つけてえんだ」

恥ずかしげに頬を赤らめ、勘太郎は父親の顔になった。

「なあ、おこと。おめえさえ戻ってきてくれりゃ、おれは何にもいらねえ。おめえが喜ぶなら、おれは何だってする。見栄も外聞も捨ててやる」

裸になった父のことばが、娘の気持ちを揺り動かす。

「……お、おとっつぁん」

おことが蚊の鳴くような声で呼んだのを、三九は聞き逃さなかった。

みんなでひとつの夢に向かって奔《はし》りだすと、かならず奇蹟は起こる。

おもいがけず、勘太郎の助力が得られたことで、賄賂《まいない》に使う潤沢な金子《きんす》が調達できるはこびとなった。

佐紀の選んだ役人たちに金子をばらまけば、杉戸一枚の納入は認められるはずだ。しかも、世話好きな元奥女中は大奥で親しかった老女にも連絡《つなぎ》を取り、杉戸の納めさきを配慮してもらえるように頼んでくれた。

あとは、自分たちの手で直に納められるかどうかだ。

ここで、おもいがけない人物が名乗りをあげた。

「わしを忘れてもらっちゃ困る」

備後屋の隠居、義右衛門である。

なるほど、隠居が一代で築いた畳問屋は、福山藩十一万石の御用達にほかならない。

義右衛門は懇意にしている同藩の江戸留守居役《るすいやく》にはなしを持ちこみ、夢を抱いた若者が無念にも杉戸絵を遺して亡くなった経緯を聞かせてやった。留守居役は感銘を受け、歳の瀬におこなわれる千代田城の畳替えに手伝いで潜りこめるよう、口利きを約束してくれたのだ。

畳替えといっしょに、古くなった杉戸を取りかえることは容易い。

おかげで、聖観音の描かれた杉戸を無傷で城へ運びこみ、所定のところにまちがいなく納められる目途がついた。

さらに、それだけではなかった。

数日後、義右衛門が興奮の醒めやらぬ面持ちで、朗報を届けにやってきた。

何と、留守居役から殿様の阿部伊勢守に余吉の逸話がもたらされ、えらく興味を惹かれた殿様は、杉戸絵を観てみたいと所望《しょもう》された。さっそく、義右衛門みずから杉戸絵を本郷丸山の中屋敷へ運び、殿様に拝謁《はいえつ》を仰ぐと、伊勢守は戸板に描かれた聖観音のありがたみに感服し、杉戸絵のことをそれとなく、老中の耳に入れてくれることとなったのである。

そして、ついに、杉戸はめでたく納入のはこびとなった。

とんとん拍子にすすんだ経緯に耳をかたむけ、長八は義右衛門と肩を抱きあって喜んでいる。

おふくは、驚きを隠しきれない様子だった。

何年も反目しあった父子にはみえなかったからだ。

つがいの雀が楽しげに、軒を散歩している。

芳町の露地裏には、ふだんは見掛けない連中がやってきた。

――ひってんてれつく、てれつくてんてん。

陽気なお囃子《はやし》とともに舞うのは、除夜の獅子舞だ。

巫女《みこ》装束の竈祓《かまどはら》えや門付《かどづ》けの願人《がんにん》坊主、鬼の形相で掛けまわる債鬼どものすがたもある。

ひなた屋の軒下には新年を迎えるための門松が立てられ、歳徳棚《としとくだな》の飾りつけもあらかた済んだ。

歳の瀬の忙《せわ》しなさにもかかわらず、段取りはすべて順調にすすみ、余吉の描いた杉戸絵は城内に持ちこまれた。

冬日和の午後、ひなた屋のなかでは歓声があがっている。

「行き先をお聞きして、仰天してしまいましたよ」

自慢げにはなすのは、このたびの快挙にひと役買った佐紀だった。

「何と、納められたさきは、黒書院北にある上《かみ》の御錠口《おじょうぐち》だそうです」

それがどれほど重要なところなのか、誰ひとりぴんときていない。

千代田城の本丸は、表《おもて》、中奥《なかおく》、大奥の三つに分けられている。表は公方や重臣たちが公の行事を司るところ、中奥には公方の住居があり、大奥は奥女中たちの拠るところと定められていた。

黒書院は表のなかで、御三家の殿様や位の高い大名たちと公方が対面する部屋であった。

この黒書院側に、杉戸が一枚たてられている。

杉戸から北は中奥となり、御成《おなり》廊下をたどれば、公方が日常の執務をおこなう御座の間へと通じていた。別名、上の御錠口と呼ばれ、平常は施錠されており、公方が中奥から表へ向かうときだけ開けられるという。

「つまり、あれかい」

親しげに尋ねるのは、佐紀に淡い恋心を抱く加藤鉄之進だ。

「上様が、いつも目にするところだってことかい」

「まさしく、そのとおりにござります」

「ほほう、そいつはすげえ。さすが、佐紀さまだ」

持ちあげられて、佐紀もまんざらではなさそうだった。

もちろん、大奥老女や本丸老中からの口利きも功を奏したのであろうが、いくつかの奇蹟が重ならなければ成就《じょうじゅ》するはなしではなかった。

「歳の瀬に、千代田へ架かる夢の橋」

おふくはよほど嬉しいのか、馴れない川柳《せんりゅう》を詠んでみせる。

杉戸一枚が、ひなた屋に集うすべての人々に春をもたらした。

ひとり、仁平次だけが、このめでたい席にいない。

余吉の墓へ参っているのだと、三九はおもった。


江戸は新しい年を迎えた。

三九は若水《わかみず》で点《た》てた茶を呑み、一張羅《いっちょうら》を纏って初詣に向かった。

日本橋のまんなかに立って西を仰げば、富士の高嶺《たかね》は白銀に輝いている。

その遥か手前、堂々と聳《そび》えたつ千代田城のなかに、余吉の杉戸絵はある。

「ありがたい」

両手を合わせ、拝まずにいられなかった。

聞くところによれば、余吉の絵は「杉戸観音」なる愛称まで与えられ、公方の心を慰めているとのことらしい。

三九は湯島の高台から日の入りを眺め、芳町までそぞろに歩いてきた。

今宵は新年の祝いと余吉の夢が叶った祝いを兼ねて、おふくが昆布巻きやら数の子やら栗きんとんやらのおせちをつくり、常連たちを待っているはずだ。

仁平次も呼んであると聞いている。

通い慣れた道を通り、薄暗い露地に踏みこんだ。

「ん」

殺伐とした空気が流れている。

三九はおもわず、立ちどまった。

ふたつの人影が、対峙《たいじ》している。

こちらに背を向けているのが稲垣卯十郎で、数間さきで顔を向けているのが仁平次だった。

稲垣は垢じみた茶の着物を纏い、仁平次は棒縞の着物の裾を端折っている。

「さて、そろりと決着をつけようか」

稲垣はぼそりと言い、本身を抜きはなつ。

錆びた赤鰯ではない。

本身は蒼白い光を放っていた。

「のぞむところよ」

仁平次も、懐中に呑んだ匕首を抜く。
九寸五分《くすんごぶ》の白刃は、触れただけで切れてしまいそうだ。
どうしてこんな日に、よりによって、ふたりが命をとりあわねばならぬのか。
三九には、とうてい理解できない。
おそらく、男の意地と意地のぶつかりあいなのだ。
止めたところで、聞く耳を持つふたりではあるまい。
——やめてくれ。
三九は胸の裡で叫びつづけるしかなかった。
「いくぜ、赤鰯」
「来い」
ふたりは雪を蹴った。
影と影が重なり、刃と刃がぶつかりあう。
——きいん。
火花が散った。
三九は棒のように立ちつくし、歯を食いしばる。
「へやっ」

稲垣の水平斬りが、着物の袖を断った。

「てやんでえ」

仁平次は叫び、蝙蝠のように跳躍する。

匕首を逆手《さかて》に持ちかえ、敵の頭上に襲いかかった。

これを迎え討つ稲垣は、下段の構えから逆袈裟を狙っている。

相打ちか。

不吉な場面が、脳裏を過ぎった。

と、そのときだ。

背後の四つ辻から、必死に叫ぶ者があった。

「待て、待ちやがれ」

紋蔵が荒い息を吐きながら、よたよた駆けてくる。

仁平次の匕首は的を外し、稲垣の鬢を掠《かす》めていた。

稲垣の繰りだした一撃も、仁平次の鼻先でぴたりと止まっている。

ふたりは同時に首を捻《ひね》り、駆け寄せる霜枯れの紋蔵を睨みつけた。

「刀を仕舞ってくれ。そこまでだ。五六三が、強請《ゆす》りのかどでお縄になった。赤鰯の旦那、おめえさんはもう、用心棒でも何でもねえ。無駄な殺生はやめてくれ」
稲垣がすっと身を退き、見事な手さばきで納刀する。
「道具屋で刀を買って損をした」
仁平次も匕首を納め、指先で銀杏髷《いちょうまげ》を直す。
紋蔵がふたりの肩を抱きよせ、威勢良く声を張った。
「さあ、験《げん》直しだ。一杯やろうぜ」
三九も入れて四人で連れだち、門松の飾られたひなた屋の敷居をまたいだ。
「いらっしゃい。遅いお着きね」
おふくが、えくぼをつくって笑いかけてくる。
艶やかに纏う晴れ着は、黒地に紅白の梅を散らした江戸褄《づま》だ。
常連たちはひと足早く、祝杯をあげていた。
稲垣の敵となったはずの勘太郎もおり、娘のおことに顔相をみさせている。
おことは仁平次を目敏《めざと》くみつけ、酌をしようと近づいてくる。
これを拒むこともなく、仁平次は恥ずかしそうに微笑んだ。
別の席では、畳問屋の隠居がおみのに酌をされている。
元辰巳芸者だけに、手つきが何とも色っぽい。

父親が鼻の下を伸ばすさまを、長八が涙ながらに眺めていた。

さらに、そのかたわらでは、加藤鉄之進と佐紀が差しつ差されつ、親しげに談笑しており、そのまた隣では、馬医者の甚斎と蔭間の京次が性懲りもなく口喧嘩をしている。

三九はいつもの明樽に座り、秘伝の糠味噌で漬けた胡瓜を齧った。

のらが眠そうな眸子を向け、自分にも寄こせと催促する。

「やっぱり、おれは余り物、味噌滓《かす》だな」

のらに向かって愚痴をこぼすと、おふくがつっと身を寄せてきた。

枇杷《びわ》のような甘い香りに、三九はくらりとする。

柱の鶉籠《うかご》には、黄金色の福寿草《ふくじゅそう》が客の数だけ飾ってあった。

「うふふ、余り物には福があるってね。さ、物書きさん、おひとつどうぞ」

注がれた上等な酒をひと息に呑みほせば、憂いはたちまちに消えてしまう。

「すべて世はこともなしだね」

おふくが胸を張ると、のらが「なあご」と鳴いた。

人々の新たな夢を乗せ、江戸の正月は賑やかに過ぎていった。

解説

細谷《ほそや》正充《まさみつ》
（文芸評論家）

面白い作品は、発見される運命にある。光文社文庫の坂岡真作品を見ていると、強くそう思う。まず、「鬼役」シリーズから語ってみよう。この文庫書き下ろし時代小説シリーズは、最初、学研M文庫から刊行されていた。しかし五冊で終了。短命に終わったかに見えた。

それが、しばしの時を経て、光文社文庫で復活したのだ。シリーズ名を「鬼役 矢背蔵人介」から「鬼役」に改め、二〇一二年四月から、なんと七ヶ月連続で刊行。六、七冊目は、新たな書き下ろしである。将軍家毒味役にして暗殺役を主人公にしたシリーズは、もともと面白い作品であった。怒濤の連続刊行によって、それに気づいた読者が増えたのだろう。瞬く間に、人気シリーズとなり、巻を重ねたのである。さらに時代劇画専門誌「コミック乱ツインズ」で、橋本《はしもと》孤蔵《こぞう》の作画によるコミカライズの連載が始まると、こちらもヒット。キャッチコピーの〝鬼役はハマる！〞そのままに、ハマる人が続出したのだ。

かくして坂岡真の代表作になった「鬼役」シリーズだが、光文社文庫では、その前に別の作品が書かれていた。「ひなげし雨竜剣」シリーズである。辛い過去を背負った隻腕の浪人が、口入屋「ひなた屋」の用心棒をしながら、浮き世の悪を斬る痛快シリーズだ。〝ひなげし〞という綽名《あだな》を持つ主人公の朝比奈結之助《あさひなゆいのすけ》は、無住心剣術《むじゅうしんけんじゅつ》の遣い手であり、人を斬るとなぜか涙を流すという特徴がある。ストーリー・キャラクター・チャンバラが三位一体となった、面白い物語であった。しかし「鬼役」シリーズの刊行が始まると途絶えてしまい、ちょっと残念に思ったものである。

ところが「ひなげし雨竜剣」シリーズも、甦る時がきた。シリーズ名こそ同じだが、タイトルとカバーイラストを一新した新装版として、二〇一八年六月から、次々と復刊されたのである。担当編集者から聞いたところ、新装版にしてから、売り上げも上々とのこと。「鬼役」シリーズ同様、こちらのシリーズも、あらためて注目を集めているのである。

そのような状況を背景にして、シリーズのスピンオフ作品である『泣く女 ひなた屋おふく』が、文庫オリジナルで刊行されることになった。収録されているのは六作。表題作は、「小説宝石」二〇一〇年三月号に掲載された。シリーズ第二弾の刊行が、同年三月だったので、これに合わせたのであろう。残りの五作は少し間が空き、「小説宝石」二〇一三年一月号から九月号にかけて、断続的に掲載された。なぜかその後、本になることはなかったが、今回、シリーズの人気に押され、刊行されることになった。まことに目出度いことである。

　さて、シリーズのスピンオフ作品と書いたが、本書の設定は「ひなげし雨竜剣」と、微妙に違っているところがある。朝比奈結之助が出てこない。なぜこのような設定にしたのか、作者の意図は不明である。でも、読んでいるうちに、そんなことはどうでもよくなった。豊かで温かな物語の世界に、夢中になってしまったのである。

　日本橋は芳町のすみにある、口入屋兼一膳飯屋の「ひなた屋」は、三十半ばのおふくという女将が切り盛りをしている。口入屋の方は、女の駆け込み寺のようになっているが、こちらはあまり関係ない。主な舞台は一膳飯屋だ。蔭間《かげま》の京《きょう》次《じ》、畳屋の隠居の義《ぎ》右《え》衛門《もん》、辻占《つじうら》のおこと、岡っ引きの霜枯れの紋蔵《もんぞう》、川獺《かわうそ》先生の異名をとる馬医者の桂《かつら》甚《じん》斎《さい》。うだつのあがらぬ滑稽本の作者で、物語の視点人物である井《い》之《の》蛙《かわず》亭《てい》三《さん》九《く》……。どこか心に寂しいものを抱えた常連たちが、おふくの温かさに惹かれて店に集まるのだった。おっと、常連ならば、野良猫の〝のら〟も忘れちゃいけない。

冒頭の「泣く女」は、そんな「ひなた屋」に、はつという女性がやってくる。おふくの出した蕗《ふき》味噌とご飯に、泣き出したはつ。次に来店したときにおふくは、蕗味噌の思い出と、彼女の厳しい半生を聞く。しかし、はつが店にきた真の目的は、別のところにあった。

レギュラー陣を手際よく紹介した作者は、はつの抱える大きな悔いを、徐々に明らかにする。以後の展開が読みどころなのだが、それは読者自身が確認してもらいたい。作中に記された〝そのような奇蹟〟に、切なくなるはずだ。トップを飾るに相応《ふさわ》しい佳品である。

続く「向こう傷」は、常連のおことが、店にきた島帰りの仁平次《にへいじ》という男に惚れこむ。だが、おことが縁を切った父親と、仁平次が意外な形で繋がり、事態は紛糾するのだった。

一膳飯屋を舞台にしていることから、本書が料理を題材にした時代小説だと思った人もいるだろう。だが料理には、それほど重きを置いていない。美味しそうではあるが、ありふれたものが出てくるのだ。しかしその、ありふれた料理の使い方が巧い。

やっこを頼んだ仁平次は、出された絹ごし豆腐を食べて「こいつは、やっこじゃねえ」といい、席を立ちかける。そこで、間髪容れずおふくが出した木綿豆腐を食べて満足するのだ。たかがやっこというなかれ。木綿豆腐を好む仁平次の一途さに、彼の生き方を見たおふくたちが、胸を打たれるのである。それだけのことで仁平次のキャラクターは確立される、作者の手腕が素晴らしい。

　これは第四話の「のて者」にも当てはまる。ひと目で高貴な出自が察せられる佐紀《さき》という女。「ひなた屋」に似つかわしくない彼女が、店にきた理由は何か。ストーリーが進むにつれて、解けるように彼女の正体と、選ばなかった人生を惜しむ心が、明らかになるのだ。

　そして結末の部分で、「焙烙《ほうろく》焼きと土瓶蒸し、どちらがよろしいですか」とおふくに聞かれた佐紀が、何といったのか。この答えが、ひとつの道しか選べない人生に対する思いを際立たせるのだ。玄妙な味わいの物語である。

　その他、第三話「赤鰯《あかいわし》」は、妹の仇を捜す稲垣《いながき》卯《う》十郎《じゆうろう》と、岡場所から逃げてきたおみやの話に、辻斬り騒動が絡まり、興趣に富んだストーリーになっている。

第五話「念仏鳥」は、霜枯れの紋蔵が連れてきた元同心・加藤《かとう》鉄之進《てつのしん》の心残りになっている盗賊〝念仏鳥〟の正体が、「泣く女」に登場した人物の一件に絡んで、暴かれることになる。どちらも気持ちよく読める作品だ。

かくしてラストの「ふたたびの春」に突入するのだが、レギュラー陣に加えて、各話の主要人物が登場する、オールスター・キャストになっている。賑やかな内容にニコニコしていたら、急転直下の悲劇に驚いた。でも、ここからの展開が熱い。悲劇を乗り越え、ある人物の想いを叶えようと、みんなが一致団結するのだ。そこで作者は、

みんなでひとつの夢に向かって奔《はし》りだすと、かならず奇蹟は起こる。

と書く。この一文を目にしたとき、嬉しくて泣きそうになった。奇蹟は願うものではなく、起こすもの。今までに積み重ねてきた物語によって、「ひなた屋」のおふくと常連たちなら、やってくれると信じられる。読者の立場で見守ることしかできない自分を悔しく感じながら、みんなを応援してしまう。本書の中でおふくが三九に店の名前の由来を聞かれ、

「日陰にあっても、ひなた屋。日陰者が集うところだけど、ひなた屋。屋号だけでも暖かいのにしたくってねえ、うふふ」

といっているが、謙遜が過ぎるというものだ。こんなにもみんな、明るく、温かく、輝いているではないか。「ひなた屋」を知ることができてよかったと、しみじみ思ってしまうのである。

ところでひとつ、本書を読んでいるうちに浮かんだ疑問がある。野良猫の〝のら〟という名前だ。これはイプセンの『人形の家』の主人公ノラから採ったのではなかろうか。なぜなら本書には、女性の生き方を描いた話が多いからだ。ちなみに『人形の家』は、弁護士の夫から人形のように愛玩されていた妻のノラが、ある事件を経て、現実に目覚める。そして人間として生きるために、夫と三人の子供を捨てて、家を出ていくという内容だ。

「泣く女」のはつ、「向こう傷」のおこと、「赤鰯」のおみや、「のて者」の佐紀……。彼女たちはみんな、曲折に満ちた人生を歩み、今、ここにいる。「ひなた屋」のおふくもそうだ。かつて家計を助けるために女郎をしていた過去を持っている。もちろん常連の男たちや、稲垣卯十郎、加藤鉄之進たちも、いろいろな過去を背負っている。だから私の考え過ぎかもしれないが、全体的に女性の比重が大きいような気がする。などと、ちょっとした手掛かりから、作品の意図をあれこれ妄想してみるのも、楽しいものだ。

本書の後、作者は再び「鬼役」シリーズに取り組むという。新たな展開もあるそうなので、今からワクワクしている。しかし、それと同時に「ひなげし雨竜剣」のシリーズも続けてほしい。さらに本書の続きを執筆して、新たに「ひなた屋おふく」シリーズを立ち上げてくれないだろうか。こんなに面白い作品を発見してしまったからには、そう願わずにはいられないのだ。

初出

「泣く女」　小説宝石　二〇一〇年三月号
「向こう傷」　小説宝石　二〇一三年一月号
「赤鰯」　小説宝石　二〇一三年二月号
「のて者」　小説宝石　二〇一三年五月号
「念仏鳥」　小説宝石　二〇一三年七月号
「ふたたびの春」　小説宝石　二〇一三年九月号

光文社文庫

文庫オリジナル／傑作時代小説

泣《な》く女《おんな》　ひなた屋《や》おふく

著者　坂《さか》岡《おか》真《しん》

2018年10月20日　初版1刷発行

発行者　鈴木広和
印刷　慶昌堂印刷
製本　ナショナル製本

発行所　株式会社　光文社
〒112-8011　東京都文京区音羽1-16-6
電話　(03)5395-8149　編集部
8116　書籍販売部
8125　業務部

ISBN978-4-334-77741-8　Printed in Japan

組版　萩原印刷